상처를 관능이라고 생각하는 불구적 인식,
그런 도발을 충동하는 삶의 폭력성,
세월의 부식성에 저항하는 삶의 열정…
사치스럽도록 화사한 도피에도 불구하고
송혜근의 글 중심에는 갇힌 연못의 끔찍한 적요가 놓여 있다.
복부를 가르는 긴 상흔 위에 벨벳 원피스를 입고 무상한 표정으로
방울 소리처럼 아프게 웃고 있는 여자들.
우리는 그 화사함 뒤에 삶에의 격렬한 애정과 격통의 전율이 들어 있는 것을 알게 된다.
삶을 사랑하기 때문에 그 삶에서 비껴선 자들의 아픈 결의가 들여다보인다.
전경린(소설가)

위태로운 여자들에게는 향기가 있다.
향기는 위태로움을 숨기기 위한 것이지만 오히려 향기 때문에 꼬리를 밟히게 된다.
송혜근은 그런 향기의 불온한 기미를 잘 아는 작가이다.
그의 소설을 읽는 동안 맨발로 흑수선화 밭을 거니는 느낌이었다.
바람에 실려오는 은밀한 향기를 따라가다 보면 천길 낭떠러지 위에 매달린 작은 종이 보였다.
예민하며 섬세한 송혜근의 손은 그 위태로움이 갖는 매혹을 종 위에 아슬아슬하게 빚어놓았다.
하성란(소설가)

송혜근의 소설 속에는 우리가 지금까지 볼 수 없었던 매우 이색적인 댄디들이 출현한다.
그들은 세상을 냉소하기보다는 경외심을 갖고 관찰하며,
일상적 삶에 혐오감을 갖기보다는 연민을 갖고 그것의 비의를 탐색한다.
이처럼 도발적인 직관과 낭만적인 열정으로 충만한 매혹적이며 사랑스런 여성 댄디들을
우리가 이 작품집에서 만날 수 있는 것은 매우 유쾌하고 의미 있는 경험이 아닐 수 없다.
송혜근의 작품에 이르러 우리 소설 문학은 직관과 선험적 사유가 통합된
매우 유니크한 엑조티즘과 댄디의 세계를 가질 수 있게 된 것이다.
박철화(문학평론가)

노란잠수함 클래식 우리 소설

이태리 요리를 먹는 여자

노란잠수함 클래식 우리 소설

이태리 요리를 먹는 여자

송혜근 소설

노란잠수함

의지와 작별하기

소멸에 대한 두려움…
오래전부터 죽음이 나를 마주보고 있다.

엄마 죽음을 두려워하지 마세요
내 무의식 속에 감금되어 있는 엄마를
삶을 상실시킴으로써 풀어 드릴께요.
날씨가 일깨워주는 기억 속의 아우성들
그것들이 사라진 곳으로 엄마도 가세요.
우주라는 자궁으로 돌아가는 그날
영원이란 게 있다면 아마도 그곳일 거예요.

"엄마!"
창밖에서 한 아이가 소리친다.

차례

인디고 나무 그늘

그녀는 오랜만에 서랍에서 꺼내 입은 캐시미어 스웨터를 한번 쓸어보고,
따가운 햇빛을 가려 주는 펠트 모자를 고쳐 쓰고,
복고풍 코코 샤넬 악어 핸드백을 다른 팔에 옮겨 든 다음 걸음을 재촉했다.
바람이 불어와 그녀를 스쳐갔다.
바람 속을 살랑이며 걸어가는 그녀는 어느 누구와도 달랐는데,
마치 과거의 어느 순간으로부터 불쑥 튀어나온 것 같은
향수를 불러 일으키고 있었다.

1

그녀는 아무리 해도 정돈되지 않는 전기코드들이 성가셔 커피포트와 주서 등을 모두 수동식으로 바꿔버렸다. 좀 불편하긴 했지만 조리대 위에 서로 뒤엉켜 꼬여 있는 전기 코드들을 보지 않게 된 것에 비하면 아무 것도 아니었다. 그녀의 주방에는 전기밥솥조차 없었다.

그녀의 주방은 레이스 커튼과 테라코타 화분들, 그리고 한쪽 벽에 나란히 걸려 있는 장식용 접시들과 투박한 질감의 프렌치 컨트리 작업테이블로 꾸며져 있었는데, 만일 가스 오븐 대신 장작불을 지피는 화덕만 갖추어 놓았다면 옛날 프로방스의 주방에 들어왔나 하는 착각을 일으켰을 것이다.

작업테이블 위에는 재미있는 모양의 수납통들과 요리책이 놓여 있었고, 그 앞에는 자잘한 프린트 꽃무늬의 원피스를 입은 그녀가 턱을 괴고 앉아서, 가스 오븐 위에 올려놓은 구리 주전자 물이 끓기를 기다리고 있었다. 틀어올린 머리에서 빠져나온 머리 가닥이 목덜미를 타고 흐르고, 어깨에서 흐르는 선이 무심하게 수납통들을 만지작거리고 있는 손가락에서 마무리지어졌는데, 유연한 곡선을 그리고 있는 등의 선이나, 꼬고 앉은 다리가 그리는 선과 함께 그 가는 선은 안타까움을 그리고 있는 것 같았다.

그 주방에 있는 모든 것들은 그녀와 호흡을 같이 하고 있어서, 창가의 레이스 커튼도 안타까운 몸짓으로 미풍에 흔들리는 것 같았고, 창턱의 제라늄도 안타까운 듯 피어 있는 것 같았고, 풍경화나 꽃이 그려져 있는 벽걸이 접시들도 안타까운 시선으로 그녀를 내려다보는 것 같았다. 그녀와 그것들이 만들어 내는 조화는 너무 완벽해서 왠지 슬펐다.

그녀가 만지작거리는 수납통은 커피를 담아놓은 통이다. 머리에 터번을 두른 검둥이 형상으로 된 네 개의 청동다리와, 둥그런 몸체를 둘러가면서 페르시아 풍의 옷을 입은 왕족들의 초상화가 그려져 있어서, 꼭 동화 속의 주마등 같은 느낌을 주는 그 통은, 차가 귀했던 아주 옛날에 만들어진 물건이라 몸통에는 느낌표처럼 생긴 열쇠구멍까지 뚫려 있었다. 그녀는 그 통을 통해 슬픈 옛이야기를 듣고 있는 것 같았다.

물이 끓기 시작하자 그녀는 슬픔을 그리고 있던 선들을 지워버리면서 자리에서 일어섰다. 그러자 레이스 커튼도 제라늄도 장식용 접시들도 슬픔에서 벗어나는 것 같았다. 그녀는 커피통을 앞으로 끄집어내 뚜껑을 열었다. 알라딘의 요술램프 속의 거인처럼 통 안에 갇혀 있던 커피향이 물씬 피어올랐다. 그녀는 향이 달아날까봐 재빨리 커피를 커피메이커에 퍼넣은 다음 뚜껑을 꼭 닫았다. 그러고는 김을 올리고 있는 구리 주전자를 집어들어 커피메이커 안에 끓는 물을 붓고는, 주방 한 귀퉁이에 단정하게 서 있는 호두나무 식기장을 바라보았다.

물을 머금은 것 같은 파란 바탕에 데이지 꽃이 그려져 있는 커피잔들이 말간 유리문을 통해 들여다보였다. 그것들은 바바리아산으로 핸드 페인팅 된 것인데, 접시 뒤에 화가의 이름과 '타이타닉'이라는 글씨가 씌어 있었다. 타이타닉은 상호이며, 침몰한 호화여객선과 아무 상관이 없는데도, 그녀는 타이타닉이라는 단어에서 풍기는 호화로움과 비극적인 느낌이 그 잔에 스며 있는 것 같았다. 그것은 동네 앤틱 가게에서 비싼 값에 한 쌍을 사고, 근처 벼룩시장에서 물건에 대한 안목이 없는 상인에게 헐값에 한 쌍을 사서 두 쌍을 맞춰 놓은 것이다.

그녀는 그 잔을 쓸 특별한 날이 없을 거라고 생각하면서도 함부로 쓰기를 망설였다. 그날도 그녀는 그 잔들을 꺼내 쓸까 잠시 망설이다가, 그 잔들 아랫단에 있는, 같은 바바리아산으로 노란 장미덩굴과 보라색 물수선화가 그려져 있는 것들을 꺼냈다.

그것 말고도 그 집에는 오랫동안 그녀가 앤틱 상점과 벼룩시장을 다니며 사 모은 물건들이 그득했다. 주방에 있는 수납통들과 호두나무 식기장이 그렇고, 거실에는 중국산 호두나무 러브시트와 중앙아시아산 실크 카펫이 있었다. 벽 한쪽에 붙여놓은 꽃문양이 상감 세공된 루이 15세 스타일의 장미나무 작업 테이블도 그렇고, 이층으로 오르는 층계참의 벽에는, 잉그마르 베르히만 감독이 즐겨 쓰는 색인 선홍색 융단 판에 긴 구리 추를 가진 오스트리아산 벽시계가, 사람 키보다도 긴 꼬리를 늘어뜨린 채 아래를 굽어보고 있다.

여러 주인을 거치다가 그녀에게로 온 그 물건들은, 미지의 풍경을 떠오르게 함으로써 신비한 빛을 발했다. 가령 중국산 호두나무 러브시트는 긴 아편대를 물고 발을 마사지해주는 하녀를 나무라고 있는 질투에 찬 첩실을 떠올리게 하고, 실크 카펫은 더러운 손으로 카펫을 짜다가 문득 눈을 들어 먼지를 일으키며 길을 가는 대상의 무리를 바라보는 소녀를 떠올리게 했다. 그리고 오스트리아산 벽시계는 식민지 시대 물건이 그득한 대저택 침실에서 임종을 앞둔 노파가 과거를 회상하는 모습을, 호두나무 식기장은 하얀 에이프런을 두른 깔끔한 하녀와 응큼한 눈으로 그녀를 바라보고 있는 백작을 떠올리게 했다.

그녀의 어머니는 햇살 좋은 정원에서, 올리브 나무와 프린세스 나무 사이에, 정물처럼 앉아 있었다. 한 무리의 새 떼들이 프린세스 나뭇가지에 앉아 새로 돋아난 잎새들을 쪼아먹는 바람에 가늘게 흔들거렸고, 어머니 머리와 어깨 위로 나뭇잎들이 팔랑거리며 떨어져내렸다.

그녀는 커피를 들고 정원으로 나가면서 골든 홉, 버지니아 크리퍼, 그리고 에버그린의 아이비가 뒤엉켜 있는 울타리를 보았다. 골든 홉과 버지니아 크리퍼는 나날이 황금색과 붉은색을 더하면서 풍성해지는 잎새를 감당할 수 없는 듯 울타리 밖으로 굴러떨어져 내리고 있었다.

울타리 뒤편으로는 가로로 길게 뻗은 호수가 반짝이고 있었고, 그 주위에 늘어선 그림 같은 집들은 밤새 이슬에 젖은 몸을 햇볕에 말리고 있었다. 그녀는 울타리와 호수와 그녀 속눈썹 위에서 살랑거리는 햇살을 느꼈다. 태양은 시시각각 다른 느낌으로 그녀에게 즐거움을 주고 있었고, 그중에서 그녀는 아침 식사와 집안일을 끝내고 차 한 잔 하는 그 시간의 무르익은 태양을 가장 좋아했다.

그녀는 어머니가 앉아 있는 테이블 건너편 의자에 앉았다.

"내 설탕 넣었냐?"

당뇨 때문에 인공 감미료를 쓰고 있는 어머니가 전날과 전전날에도 그랬던 것처럼 의심에 가득 찬 눈으로 그녀를 바라보며 물었다.

"네."

그녀는 짧게 대답하고 잠시 어머니에게 주었던 시선을 다시 울타리 쪽으로 돌렸다. 가을이 내리고 있었다. 나날이 낙엽빛이 짙어 가는 잎새들 위에 세월이 내려앉아 있었다. 그리고 계절이 하나 지나갈 동안 내내 그녀는 어머니로부터 "내 설탕 넣었느냐"는 말을 듣고 있었다. 그녀는 의혹이 완전히 가시지 않은 얼굴로 커피를 마시고 있는 어머니를 다시 바라보았다. 손이 떨리는 바람에 어머니 손에 들린 커피잔이 받침 접시 위에서 딸가닥거렸다.

바람이 불어와 뜨락에 잠들어 있는 듯 침묵을 지키고 있던 모빌을 흔들어댔다. 가을 하늘처럼 맑은 소리로 울려대는 모빌소리와 함께 어디선가 시클라멘과 릴리, 그리고 제라늄과 버베나의 꽃향기가 코끝에 스쳐왔다. 그녀는 문득 자신이 그러한 것들을 얼마나 사랑하고 있는지 깨달았다. 그러한 것들을 받아들이는 데는 정말 오랜 세월이 걸렸다.

2

층계참의 벽시계가 떵, 떵 두 번 울렸다.

"벌써 두 시냐? 점심을 안 먹었잖니?"

햇볕 아래서 깜빡 졸고 있었던 어머니가 흠칫 깨어나면서 꽃밭에서 시든 덩굴장미를 잘라내고 있는 그녀에게 채근했다.

"저 시계 엉터리인 것 알잖아요."

그녀는 떼어낸 꽃송이로 더욱 깔끔해진 '하이 눈'의 노란색 꽃송이들을 바라보면서 시큰둥하게 대꾸했다. 과거 속의 유령처럼 불쑥불쑥 깨어나서 울어대는 그 시계는 그녀의 집에 온 이후 정확한 시간에 맞춰 울렸던 적이 한 번도 없다. 그걸 알면서도 그녀는 그 시계를 샀다. 집에는 정확한 시간을 가르쳐줄 시계가 따로 있었다. 그녀는 제멋대로 가다가 제멋대로 서다가 제멋대로 종을 치는 그 시계가 재미있기까지 했다.

"그럼 지금 몇 시냐?"

"11시 조금 넘었어요."

"이제 겨우?"

어머니의 얼굴에 진 주름에 권태의 앙금이 한 켜 더 깔리는 것 같았다.

"볕이 뜨거우니 안으로 들어가세요. 라디오 틀어드릴게요."

그녀는 정원용 가위를 제자리에 갖다 놓고, 잘라낸 꽃송이들을 쓰레기통에 쓸어버린 후, 따로 잘라낸 장미 송이들을 들고 거실로 들어왔다. 그녀는 한국어 방송을 하는 주파수에 다이얼을 맞추고 장미나무 작업테이블 위에 장미꽃을 올려놓았다.

"우편물이 올 시간이잖니?"

어머니는 그 집에서 발생하는 모든 일을 알고 있었다. 자신에게 오는 우편물이라고는 고작 한 달에 한 번 오는 웰페어 수표와 일 년에 서너 번씩 노인들에게 보내는 메디케어 등의 정부 서한

이 전부인데도 그녀는 매일 우편물이 오는 걸 기다렸다.

그녀는 우편물을 가지러 차고로 갔다. 차고 문에 달려 있는 우편함에 대부분이 고지서들인 우편물이 그득 들어 있었다. 그녀는 우편물들을 꺼내들고 거실로 들어와 장미나무 작업테이블 앞에 앉았다.

테이블 위에는 방금 꽂아놓은 장미꽃 외에 은제 잉크스탠드와 '스태판' 상표의 주홍색 잉크병 그리고 칠십년대 초기에 만든 금으로 된 파커 61 만년필이 놓여 있었다. 스태판이라고 쓰인 잉크병의 상표와 그 안에 든 잉크는 이미 색이 변질됐고, 파커 61은 촉을 바꿔야 하는데도 그녀는 이것들이 놓여 있는 책상의 분위기를 좋아했다.

그녀는 우편물 중에서 고지서들을 추려 서랍에 집어넣다가 말고 멈칫했다. 고지서 틈에는 육필로 겉봉을 쓴 편지가 끼어 있었는데, 컴퓨터 글자체들 속에서 두드러지는 그 육필, 그녀는 하얗게 질린 얼굴로 그 편지를 바라보았다. 오랫동안 소식이 없던 사람으로부터 갑자기 날아든 편지는 반가움보다는 두려움을 갖게 했다.

"얘, 3일 후면 추석이라는구나. 장에 가면 잊지 말고 토란과 나물거리를 사와라. 송편은 사 먹는 거 너무 달아서 못 쓰겠더라. 방앗간이 있다면 빚어 먹으면 좋은데……."

어머니는 언제나처럼 라디오에서 흘러나오는 뉴스를 일러주었다. 김영삼이, 김대중이 대통령이 된 것도, 성수대교가 무너지고, 그녀는 본 적도 없는 삼풍백화점이라는 것이 무너졌다는 것도 다 어머니를 통해 들었다.

"어쩐지 고향 생각이 부쩍 더 나더라. 그래 여기 햇살은 꼭 한국 가을 같아. 그래서 더위가 가시면 더 고향 생각이 나. 추석이 되면 송편 빚고, 토란국 끓이고, 달놀이 가고……."

그녀는 무엇에 홀린 듯 넋 놓고 앉아 어머니의 이야기를 아득히 먼 세상의 일처럼 귓등으로 흘려듣고 있었다.

3

그녀는 집 쪽을 돌아보았다. 어머니는 정원에 앉아 그녀 쪽을 물끄러미 바라보고 있었다. 오후에 어머니와 '얼그레이'를 한 잔 마시고 나서 그녀는 산책을 나서곤 했는데, 전에는 그녀가 산책갈 기미를 보이면 운동화를 찾아 신고 기다렸다가 따라나서던 어머니가 그즈음은 엄두가 나지 않는 모양이었다.

조금 걷자 울타리 밖의 세상과는 인연을 끊은 듯 무심한 얼굴로 밖을 내다보고 있던 어머니 모습이 나무들 사이로 사라졌다. 그러면 어머니와 함께, 끊임없이 반복되는 잔소리, 채워지지 않는 허기에 대한 불평, 끝없는 아픔의 호소 같은 삶의 구질스러운 모습들이 바나나 껍질처럼 벗겨지고, 깨끗하고 충실한 내면이 은밀한 행복감을 동반하면서 찾아들곤 했다.

하지만 그날 그녀는 모든 것이 전과 달라져 있음을 느꼈다. 산책길에 그늘을 만들어 주던 키 큰 나무들과, 얼굴을 맞대고 아는 체를 하던 로즈마리, 헤븐리 블루, 재패니스 아네모네, 러시안 세이지를 그날은 언제 지나쳤는지도 몰랐고, 샤스타 데이지와 재롱을 떨듯 낙엽 사이로 비집고 나온 젠티안의 보라색 꽃송이, 그리고 은근한 재스민의 향기도 아무런 감동을 주지 못했다.

'러브 라이스 블리딩' 앞에서 처음으로 그녀는 걸음을 멈추었다. 팔 길이의 로프만큼 길고 가느다란 붉은 꽃이, 빼어 문 혓바닥처럼 잎사귀 사이로 뻗어 나온 그 꽃이 그날따라 섬뜩한 느낌으로 다가왔다. 아마 사랑, 거짓말, 피흘림이라는 그 특이한 꽃 이름 때문이리라.

사랑! 거짓말! 피흘림!

자전거를 탄 소년이 안경알을 반짝이며 그녀를 스쳐 갔다. 한 쌍의 산책객이 대책 없이 촐랑대는 요크셔테리어를 끌고 두런두런 말을 나누며 그녀를 스쳐 갔다. 그들의 말소리가 호수의 침묵 속으로 아득히 가라앉아갈 즈음 어디에선가 나무 열매 떨어지는 소리가 둔탁하게 들려왔다. 모두 평온한데 홀로 그녀의 가슴만 피를 흘리는 것 같았다.

그녀는 운동복 주머니에 넣어 온 편지를 만져보았다. 그녀는 그 편지 내용을 알고 있었다. 그 편지를 받은 순간에 이미 알았다. 거의 10년 동안 소식이 없던 사람이지만 그 내용을 알 수 있었다. 처음에 편지를 받고 두려워했던 것은 바로 그 이유 때문이었다. 그리고 그날따라 일찍 산책을 나선 것도 그 내용을 확인하고 받아들일 마땅한 장소를 찾기 위함이었다.

그녀는 다시 걷기 시작했다. 인디고 나무가 만들어 주는 그늘 아래서 책을 읽고 있던 늙은 여인이 자신의 정원 앞을 스쳐가는 그녀를 보고 "하이" 하고 인사를 했다. 크레마티스와 줄장미가 트랄리스를 타고 오르는 정원을 지나, 무성한 잡초 위에 레몬이 뚝뚝 떨어져 있는 정원을 지나, 황금색과 붉은색의 담쟁이가 끝도 없이 이어지는 담장을 지나, 청바지를 입은 여자가 벽에 페인트칠을 하고 있는 집을 지나쳤을 때, 이끼색을 띠고 있는 나무다리가 나타났다. 호수를 가로지르는 여러 개의 나무다리 중 하나였다. 나무다리 위에서 중국 처녀 두 명이 다리 아래 모여들어 꽥꽥거리고 있는 수십 마리의 오리들에게 모이를 던져 주고 있었다.

그녀는 다리 곁에 있는 벤치에 앉아 쉬어 갈까 하다가 그대로 지나쳤다. 그녀는 아직 편지를 뜯어 볼 준비가 돼 있지 않았다. 두 번째 나무다리 위에서는 머리가 벗겨진 남자가 캔버스를 세워 놓고 그림을 그리고 있었다. 그 남자가 눈앞에 보이는 풍경을 제대로 그린다면 그건 물이 있는 모네의 정원을 연상시킬 것이었다. 그 나무다리를 지나친 다음에 만난 벤치에서 그녀는 잠시 망설였다. 하지만 아직도 마음은 편지를 받아들일 자세가 돼 있지 않았다. 그녀는 계속 걷기로 했다.

4

　20대 중반에 그녀는 어떤 남자의 아내였다. 그녀의 남편은 복중에는 보신탕을 즐겨 먹었고 늘 화장실 문을 열어놓고 일을 보았다. 그녀의 남편은 하루가 시작되는 아침부터 가요를 틀었으며 언제나 받아들일 준비가 돼 있지 않은 그녀에게 시도 때도 없이 덤벼들었다. 둘은 물과 기름처럼 섞이지가 않았다. 이혼을 하면서 남편은 그녀에게 미국 유학을 권했다. 남편하고의 결혼생활은 그녀에게 좋은 추억도, 상처도 남기지 않았다. 그녀는 과거가 없는 여자처럼 담백했으며 처녀 같은 기분으로 유학 생활을 시작했다.

　학문은 그녀하고 어울리지 않았다. 딱딱한 것을 가까이 하기에는 그녀는 너무 섬세했고, 치열함을 보이기엔 너무 우아했다. 밤새 리포트를 쓰느라 헝클어진 모습으로 멀리 떨어져 있는 강의실을 찾아다니느라 뛰어다니는 학생들 사이에서, 그녀는 캠퍼스에 피어 있는 꽃향기를 즐기며 유유히 걸어 다녔다. 학생들은 그녀의 단정한 옷차림에, 생전 큰 소리를 내지 않을 듯한 사근거리는 말소리에, 깔끔하게 음식을 먹는 모습에 거부감을 느꼈다. 그녀에게 호감을 가진 학생들이 간혹 있기는 했는데, 여학생들은 그녀 앞에서는 자신들이 너무 거칠다고 느꼈고, 남자들은 단둘이 있는 것을 부담스러워 했다.

　그녀는 여럿이서 생활하는 기숙사를 싫어했다. 그녀는 아파트를 얻어 나와 깨끗하게 닦은 욕조에서 샤워를 하고, 새틴 시트를 깐 침대에서 잠을 잤으며, 일요일마다 장이 서는 파머스 마켓(farmer's market)에서 산 싱싱한 채소로 음식을 만들어 식탁보를 씌운 식탁에 앉아 먹었다.

2년 후에 그녀는 더 이상 학교 수업을 따라갈 수 없었고, 아무 미련 없이 학교를 그만두었다. 하지만 그녀는 혼자서도 잘 놀았다. 세상에는 향락할 수 있는 것들이 너무도 많았다. 거리를 스치는 사람들은 매일 변화무쌍했으며, 사계절 내내 식품점은 싱싱한 채소와 풍부한 물건들로 채워졌고, 무대에서는 각종 예술 공연들이 넘쳤다.

그녀는 여자 속옷을 파는 '빅토리아 시크릿'에 취직했다. 빅토리아 시크릿이란 이름에서 느껴지는 은밀함이 좋아서였는데, 곧 돈을 번다는 건 공허한 학문을 하는 것보다 훨씬 건강한 일이란 걸 깨달았다. 게다가 그녀는 자신이 속옷을 파는 일을 좋아한다는 걸 깨달았다. 그녀는 속옷들의 질감에 따라 피부에 와 닿는 다양한 감촉들에 민감했기 때문에 손님을 보면 그들에게 어울리는 것이 어떤 것인지 저절로 느껴졌다.

그녀는 30대 초반에 그 남자를 만났다. 처음 만난 날부터 그들은 호텔로 들어갔고 그들이 상상한 것보다 훨씬 강한 희열을 맛보고는 놀라운 눈으로 상대방을 바라봤다. 그렇다고 그들이 섹스에 탐닉하는 사람들은 아니었다. 오히려 그녀는 그때까지 남자와의 잠자리에서 단 한 번의 쾌락도 맛보지 못했었다.

사실 그녀는 감각적인 여자였다. 몇 명의 남자들과 데이트를 했으나 그들은 감자처럼 둔했고, 불독처럼 동물적이어서, 섬세한 그녀의 몸이 지레 놀란 자라처럼 움츠러들곤 했었다.

그 남자를 만나 처음 키스를 할 때 그녀는 키스가 단순한 피부의 부딪침이 아니라 상대방의 몸을 여는 열쇠라는 것을 깨달았다. 그들은 키스 한 번으로 표피 속에 갇힌 몸이 연두부처럼 파르르 떠는 것을 느꼈고, 흥분으로 눈이 뜨거워짐을 느꼈다.

그 남자는 몇 명의 여자를 경험한 적이 있었지만, 그런 하찮은 경험에서 얻은 것이 아닌, 여자의 몸에 대해서 선험적이라고 할 수 있는 어떤 더듬이를 갖고 있었다. 마치 섬세한 손을 가진 도예가가 최상의 점토를 만난 것처럼 남자는 흥분했다. 그 남자는 그녀야말로 그가 찾던 여자라는 걸 알았다.

그 남자도 한 번 결혼에 실패했다. 그 남자의 아내는 늘 하품을 했고, 접시엔 자주 고춧가루가 묻어 있었다. 그 남자의 아내는 부부는 무슨 일이 있어도 모든 일을 같이 해야 한다고 믿었기 때문에 그 남자가 혼자 책을 읽으면 잔소리를 했고, 여성 잡지에서 '당신의 성생활은 몇 점?' 하는 식의 퀴즈를 즐겨 풀었다고 했다.

그녀와 그 남자는 결혼에 대해 심각하게 회의적이었기 때문에 서로 사랑만 하고 결혼을 하지 않기로 약속했다. 그 남자는 어려서부터 종교적인 분위기 속에서 자라났기에 눈앞에 있는 현실세계에 몸담고 살면서도 보이지 않는 다른 세계를 느끼고 있었다. 세월이 흐르면서 현실세계에서 성공을 거두면 거둘수록 현실세계에 대한 호기심과 매혹이 줄어들었다. 시원을 찾아가는 연어 떼처럼 그는 본능적인 정신세계에로의 회귀성을 지니고 있었고, 언젠가는 그것이 자신을 지배할 것이라는 걸 막연히 느끼고 있었다.

그렇다고 그 남자가 길을 알고 있었던 것은 아니었다. 그는 생계를 위해 일하고 남는 시간은 혼자서 조용히 명상을 하거나 책을 보면서 우주의 원리를 깨닫는 일에 쏟곤 했다. 그렇다고 학문적으로 큰 욕심이 있는 것은 아니었다. 오히려 그는 겸손하고 소박한 사람이었다. 단지 살고 있는 의미를 제대로 알면서 살고, 죽을 때 담담히 죽고 싶은 것뿐이었다.

5

3년이 흘렀다. 많은 망설임 끝에 두 사람은 이 호숫가에 집을 마련해서 살았다. 둘의 생활은 예상했던 것만큼 두려운 것이 아니었다. 남자는 집에서도 단정한 옷차림을 했고, 여자가 부엌에 있는 시간을 줄여주기 위해 일부러 외식할 기회를 많이 만들었다. 남자는 섹스를 하기 전에는 몸을 깨끗이 씻고 손톱과 발톱을 다듬으려고 마음먹었지만 시도 때도 없는 여자의 유혹에 번번이 넘어갔다. 남자는 여자를 혼자 두고 책을 읽고 싶지 않았으며, 여자가 '당신의 성감은 몇 점?' 하는 식의 퀴즈를 풀고 있으면 결과를 보려고 책을 빼앗았다.

여자는 민얼굴을 깨끗하게 잘 가꾸었고, 놀랄 만큼 적은 돈으로 우아한 옷차림과 실내 장식을 할 줄 알았다. 여자는 몸가짐이 조신했지만 남자를 흥분 속으로 몰아넣는 방법을 백한 가지는 알고 있는 것 같았다. 그들은 자신들도 결혼생활이 가능하다는 것을 알곤 상대방에게 감사하는 마음으로 바라보곤 했다.

호숫가 집은 사랑하는 사람들이 살기에는 더없이 좋은 낙원이었다. 그들은 섹스를 위해 태어난 것처럼 열심히 섹스를 했다. 으슥한 호숫가에서, 덤불 뒤에서, 풀밭 위에서, 나무다리 아래서……. 남자는 틈만 나면 여자에게 달려들었으며, 여자는 어디서곤 남자를 맞아들일 준비가 돼 있었다. 그들은 사랑을 나누고 나면 새촘 떨고 일어나 주위를 살펴보곤 서로 마주 보고 낄낄 웃었다.

다시 3년이 흘렀다. 남자는 많이 여위었다. 여전히 그들은 열심히 섹스를 했고, 그때마다 둘이 한 몸이라는 것을 운명처럼 느끼며 행복해 했다. 그러나 서로의 몸에서 떨어져 나가는 순간부터 서서히 그들 자신으로 돌아왔으며, 그들만의 사고 속에 상대방이 늘 같이 하지 않는다는 사실이 명백하기 때문에, 자신에 대해, 상대방에 대해, 사랑에 대해 의심하기 시작했다.

가령 여자는 '빅토리아 시크릿' 매장에서 애인에게 속옷을 사 주면서 키스를 퍼붓는 커플을 보면, 자신들의 사랑도 다른 사람들의 것처럼 흔하디흔한 것은 아닐까 하는 생각으로 의기소침해지기도 하고, 잘생긴 백화점 관리자와 시간가는 줄 모르고 점심을 먹은 후에는 잠자리에서 고백하던 것과 달리 그 남자가 없는 인생이 가능할지도 모른다는 생각이 들어 죄의식을 느끼기도 했다.

그래서 여자는 책을 읽거나 생각에 빠져 있는 남자를 보면 남자도 그녀와 같은 생각을 할 거라는 지레짐작으로 그를 용서할 수 없는 기분에 빠져들었고, 남자가 쳐다보는 무심한 눈길에도, 말 한 마디에도 상처를 받았다.

그 외에도 여자의 직관은 남자가 때때로 그녀에겐 낯선 세계 속으로 빠져 들어간다는 것과 그 세계와 그녀는 공존할 수 없다는 걸 막연히 느끼고 있었다. 그래서 여자는 남자가 그만의 세계 속으로 빠져드는 것이 두려워 끊임없이 그를 유혹했다.

여자에 대한 남자의 열정도 병적이었다. 그는 온전히 그의 소유인 여자가 잠자리에서 떨어져나가 그로부터 멀어져가는 것을 견디기 힘들어했다. 거리에는 여자에게 엉큼한 시선을 던지는 죽일 놈들이 들끓을 것이고, 그들을 대하는 여자의 시선이 담백할지 아닐지를 몰라 남자는 괴로워했다.

그리고 남자는 수도 없이 그 앞에서 허물어졌던 여자가 여전한 모습으로 존재하는 걸 볼 때 이상한 좌절을 느끼기 시작했다. 섹스의 충동은 끊임없이 살아났고, 죽나는 것은 그의 몸뿐이었다. 정복되는 것은 아무것도 없었기에 잠자리에서 혼을 앗을 것 같은 여자의 아름다운 모습을 볼 때 그는 가끔씩 그녀의 몸을 찢고 목을 조르고 싶은 충동에 떨었다.

또 한편으로 남자는 그가 누리는 생이 너무 호사스럽고 그가 한 것에 비해 과하다는 생각 때문에 죄의식에 빠져들었다. 그는 어쩌면 금욕주의자의 후손일지도 몰랐다. 가끔씩 그는 홀로될 때 행복의 성격에 대한 회의에 빠져들었다. 여자에 대한 집착이 강하면 강할수록 그는 자신의 모습에 환멸을 느꼈다.

어느 날 남자는 여자와 정사를 나누고 난 뒤 그것은 완벽했다고, 너무 완벽했다고 한숨처럼 속삭인 후, 모든 것의 절정 다음에는 추락하는 것밖에 없다고 쓸쓸히 말했다. 여자는 추락하는 것까지 포용할 수 있는 게 완벽한 거라고 대답했다.

6

멀리 어렴풋이 음악소리가 들려오기 시작했다. 앞으로 걸어나갈수록 호수의 폭이 좁아지면서 음악소리도 점차 커져가더니 어느 순간 밀물처럼 밀려왔다. 음악은 베토벤의 〈전원교향곡〉이었다. 그 풍경에 그처럼 어울리는 음악이 또 있을 수 있을까?

그 부근에 '카페 모네'가 있었다. 카페 모네는 사실은 카페가 아니고 그녀가 이름 지은 벤치였다. 호수가 좁아지면서 건너편의 집들이 훌쩍 가까워지고, 그 집 중의 하나에 음악가가 살고 있어서 피아노를 연주하거나 오디오에서 흘러나오는 음악을 자주 들을 수 있기 때문이었다.

그녀는 벤치에 앉아, 개울물처럼 깔깔거리기도 하고, 도도한 강처럼 으스대는 음악의 흐름에 몸을 맡겼다.

호수는 나무 그늘 때문에 짙은 녹색을 띠고 있었고, 이끼 긴 축대에 핀 아이비와 펀이 물을 향해 굴러 떨어지고 있고, 물 속에서 고개를 내민 워터릴리가 귀를 쫑긋거렸다. 건너편 집들의 데크에는 한낮의 태양에 목이 타는 듯 주둥이를 물 쪽으로 돌린 보트들이 놓여 있고, 인적 없는 정원에는 아프리칸 릴리, 데이지, 벨플라워, 라벤더, 버터밀크, 아담스 니들, 아이스버그 같은 꽃들이 피어 있었다.

메가포타미컴 나무가 그녀가 앉아 있는 벤치에 그늘을 만들어 주고 있었다. 가는 허리를 가진 여인처럼 부드럽게 휜 가지에 나른한 잎새들이 무성하고, 그녀를 보려는 듯 물구나무선 자세로 대롱거리고 있는 꽃들이 꽈리꽃처럼 조촐하고 로맨틱해서 그녀는 그 나무를 '오후의 티타임'이라는 이름으로 불렀다.

젊은 시절엔 음악은 빛나는 파편 조각처럼 흩어져 내렸다. 그러나 나이가 들면서 음악은 스펀지에 스미는 물처럼 가슴을 무겁게 채워왔다. 그녀는 비장한 기분으로 음악을 들으면서 아직도 편지를 뜯어볼 용기가 없음을 깨달았다.

7

여고 시절에 그녀에게는 유별나게 친했던 친구가 있었다. 친구는 할리우드의 배우가 된다는 재미있고 당돌한 꿈을 갖고 있었기에 어려서부터 AFKN을 보면서 미국 배우들의 제스처와 영어를 익히고, 운동으로 몸을 다졌다. 여고 시절 친구는 학교 배구선수였으며 미국에서 자란 것처럼 유창한 영어를 구사했다. 친구의 골격은 균형이 잡혀 있었고, 미끈하게 잘 생긴 얼굴에서는 풋풋한 생기가 피어올랐다.

그녀는 친구를 '셜리 마크레인'이라고 불렀다. 친구는 그녀를 '데이지 공주'라고 부르면서 조그맣고 아름다운 먼 나라를 연상시키는 데이지라는 이름이 그녀와 꼭 맞는다고 했다. 셜리 마크레인과 데이지 공주는 첫 대면에 서로에게 끌렸으며 그 이후 늘 붙어 다녔다.

셜리 마크레인은 부모가 게으르고 가난했기에 신문을 돌리거나 영세 출판사에서 번역 일을 갖고 와 돈을 아주 조금 받고 일을 해야 했다. 셜리 마크레인은 명랑했지만 아주 가끔씩 백살은 먹은 듯 지치고 피곤한 모습을 보일 때가 있었다. 데이지 공주는 그녀의 도시락을 친구와 나눠 먹었고, 단이 뜯어진 교복을 태연히 입고 다니는 친구를 위해 바느질을 해주곤 했다.

셜리 마크레인은 학생들과 선생님들에게 인기가 있었기 때문에 주변에 사람들이 꾀어든 반면 데이지 공주의 주위는 쓸쓸

했다. 그러나 데이지 공주는 그녀의 호위병이기라도 하듯 붙어다니는 셜리 마크레인 때문에 외롭지 않았다. 셜리 마크레인은 형편이 어려워 대학을 갈 수 없었다. 셜리 마크레인은 고등학교를 졸업하고 아르바이트를 하던 USO(미군위문협회)의 미국인 직원과 결혼을 해서 미국으로 떠났다.

그 친구가 15년 만에 갑자기 그녀를 찾아왔다.

공항에서 셜리 마크레인은 판탈롱 바지에 가슴이 파인 블라우스를 입고, 얇은 블라우스가 감당하기 무거워 보일 정도로 큰 코사지를 달고 주위를 두리번거리며 걸어 나왔다. 옛날에도 이국적인 마스크였던 친구는, 서로 대비되는 옷 색상과 짙은 화장이 몸에서 스며 나오는 에너제틱한 기운과 어우러져서, 정열적인 스페인 여자 같은 달리아 꽃을 연상시켰다. 마치 그 옛날엔 씨의 형태로 지니고 있던 어떤 것이 세월이 흐르면서 그런 식으로 만개해 셜리 마크레인의 달콤한 모습을 지워버린 것 같았다. 그녀는 친구의 얼굴에서 뿜어져 나오는 저돌적이고 사나운 기운을 낯설게 느끼면서 가까이 다가갔다. 그녀를 본 친구의 얼굴에 미소가 번져나가면서 저돌적이고 사나운 기운을 없애버렸다. 다행스럽게도 친구의 미소는 여전히 매혹적이었다. 15년 만에 만난 그들은 반갑게 포옹했고, 서로의 몸에서 옛 향취를 느꼈다. 세월이 그들을 갈라놓은 것은 없는 것 같았다.

직장에서 돌아온 남자는, 오랜만에 들어오는 빈 집의 정적에 가슴이 설레었다. 그는 샤워를 하고 편안한 옷으로 갈아입은 다음, 라디오를 클래식 음악 채널에 맞춰 놓고, 책꽂이에서 책을 한 권 골라 들고 발코니로 나와 앉아 읽기 시작했다. 집중해서 읽어야 하는 어려운 철학 서적이 쉽게 읽힘을 느끼면서 그는 기쁨을 느꼈다. 오랫동안 그는 그런 것에 허기를 느끼고 있었다. 그러다가 그는 문득 책을 내려놓고 이맛살을 찌푸린 채 호수를 바라보았다. 흐름이 없이 고요한 호수 물과 달리 그의 내면에서 갈등이 일고 있었다.

그때 여자의 차가 시야로 들어왔고, 그는 꼼짝 않고 앉아서 차를 응시했다. 차 문이 열리고 여자가 내렸다. 걸어 다니는 향주머니처럼, 살랑살랑 그윽한 향기를 사방에 흩뿌리는 것 같은 매혹적인 여자의 모습이 눈에 들어왔을 때, 그는 설명할 수 없는 복잡한 기분에 빠져 들어갔다.

곧이어 여자의 친구가 차에서 내려섰는데 그는 친구에게서 뻗어 나오는 욕구불만에 가득 찬 불온한 에너지를 감지할 수 있을 것 같았다. 그 모습은 여자가 볼에 홍조까지 띠며 열심히 얘기해 준 친구의 이미지와 전혀 닮지가 않았다. 남자는 여자의 친구를 보는 순간, 강한 거부감과 함께 이상한 전율을 느꼈다. 그 전율은 머리끝에서 발끝까지 빠른 속도로 타고 내려가면서, 끝이 없는 나락 속으로 떨어져 내리는 것 같은 흥분 속으로 그를 몰아넣었다.

남자는 밖으로 나가 친구를 맞이하면서 거부감을 숨기기 위해 과장된 몸짓으로 친구를 포옹했다. 여자는 친구를 포옹하는 남자의 눈에 불이 튀는 것을 본 것 같았다.

친구는 호숫가 집의 아름다움에 대해, 그윽하게 나이 들어가고 있는 데이지 공주의 모습에 대해, 만찬 음식과 포도주에 대해 찬사를 보냈다. 친구 때문에 호숫가 집은 떠들썩해졌고 웃음이 그치지 않았다.

여자는 세상에서 제일 사랑하는 두 사람이 모두 곁에 있어서 행복했다. 친구는 남자에게 데이지 공주라는 별명을 붙인 것은 자기였다면서, 여자의 길고 가는 손의 생김새와 속살이 느껴지는 야들한 피부와 실로폰 소리같이 구르는 웃음과 윤기 도는 머리카락을 찬미했다. 남자는 여자의 긴 손가락이 그를 얼마나 잘 만지는지, 여자의 샘이 얼마나 풍부하고 향기로운지, 잠자리에서 내는 여자의 탄식 소리가 얼마나 기막힌지, 머리카락만 걸친 그녀의 몸이 얼마나 아름다운지를 얘기함으로써 여자의 얼굴을 붉어지게 했다. 그들이 경쟁적으로 찬미하는 걸 들으면서 여자는 행복하게 웃었다.

친구는 여자의 생활에 활력을 더해 줬다. 문을 잠가놓고 계란 마사지를 하고, 자질구레한 쇼핑을 가면서도 모양을 잔뜩 내고, 남자가 자러 들어간 후에도 빈 포도주병과 빈 잔을 앞에 놓고 끝없는 얘기를 나누었다. 친구는 그 동안 살아왔던 영화 같은 인생 얘기를 하다가 갑자기 눈물을 흘리면서 "남자들은 다 필요 없어. 나는 너만 있으면 돼"라며 여자를 껴안았다.

남자는 친구가 자신의 여자에게 영향력을 발휘하는 걸 싫어했다. 그는 친구와 같이 지낼 때의 여자의 모습에서 그가 모르던 모습들을 보고 충격을 받았다. 맹꽁이 같은 여자는 친구를 잘 모르는 것 같았다. 그리고 여자는 다른 생활을 동경하는 것 같기도 했다. 최소한 여자는 잠자리에서의 고백처럼 그가 없어도 못살지는 않을 것 같았다.

친구는 USO에서 만난 남자와 미국에 와서 잠시 살았다. 친구는 풀타임 직장을 파트타임으로 바꾸고 남는 시간에 액팅스쿨을 다니고 싶어했다. 어느 날 저녁 USO에서 만난 남자는 숫자가 자잘하게 적힌 노트를 들고 침실로 들어와서, 친구가 풀타임 직장을 파트타임으로 바꾸고 액팅스쿨에 다니면 집을 사는 계획을 오 년 연기해야 한다고 설명했다. 친구는 그와 이혼하고 액팅스쿨을 다녔으며 그 후에는 할리우드 근처를 맴돌며 20대의 에너지를 과도하게 소모했다.

30대에 친구는 세상일은 남자들을 유혹할 수 있느냐 없느냐에 달려 있다고 믿게 되었다. 친구는 영화배우가 되는 꿈을 포기했으며 대신 돈 많은 남자를 사로잡을 궁리를 하기 시작했다. 친구는 자신의 성적 매력을 충분히 인식하고 있었으며 이를 효율적으로 사용했다. 40대에 가까워지면서 친구에게 왔던 남자들은 예전의 남자들보다 더 빨리 그녀 곁을 떠나갔다. 친구는 그를 버린 남자들이 그녀보다 젊은 여자들을 찾아가는 걸 보면서 패배감을 느꼈다. 점차 '성적 매력'은 친구에게 강박관념이 되어갔다.

친구는 데이지 공주를 사랑했지만 슬쩍슬쩍 데이지 공주의 남자에게 교태를 부렸다. 주변 남자들의 관심을 끌지 못하는 것을 친구는 불안해했다.

남자는 여자가 친구에게만 관심을 쏟아서 화가 나 있었기에 어느 날 노을이 보고 싶다는 친구를 데리고 산책을 나섰다. 주방에서 저녁을 준비하던 여자는 둘이 다정하게 팔짱을 끼고 호숫가 저편으로 사라지는 것을 보았다. 그날 밤 잠자리에서 여자는 남자에게 질투 섞인 투정을 부렸고, 그 때문에 기쁨을 느낀 남자의 몸에는 에너지가 솟았으며, 질투 때문에 더욱 요염해진 여자와 미친 듯한 섹스를 했다.

친구가 온 다음부터 남자는 여자에게 더 집착했다. 그는 어떤 상황이 여자를 흥분시키는가에 대해서는 악마적인 직관력을 갖고 있었다. 남자가 화술과 우연을 가장한 터치로 친구의 얼굴에 홍조를 띠게 하는 것은 누워서 식은 죽 먹기였다. 여자는 점차 질투를 느끼기 시작했으며 자신이 생각해도 유치하기 짝이 없지만, 도저히 자제할 수 없는 치기를 부리기 시작했다. 유치함은 그들을 더욱 감각적으로 만들었으며 결국은 친구조차도 그들의 육체의 희롱을 위한 도구로 전락해가고 있었다.

친구는 자신이 그들의 섹스 도발제로 쓰이고 있다는 걸 상상할 수도 없었다. 성적으로 매력이 있어야 한다는 강박관념 때문에 자신이 성적으로 매력이 있다고 확신하는 친구는 여자의 남자도 자신을 좋아하고 있다고 착각했다. 친구가 생각하는 데이지 공주의 이미지는 깨끗한 것이기 때문에 남자가 여자를 사랑하는 형태가 플라토닉 성향이 강한 것이라고 믿었다. 친구는 자신이 끼어들어 남자와 성적인 관계를 맺더라도 그들의 돈독한 사이를 깨뜨리지는 못할 거라는 걸 알고 있었다. 친구에게 남자와 잠을 잔다는 건 대수로운 일이 아니었다.

어느 날 직장에서 평소보다 일찍 돌아온 남자는 집에 여자는 없고 친구 혼자 데크 위에서 선탠을 하고 있는 걸 보았다. 생각지도 않게 남자에게 벗은 몸을 보여줘야 했던 친구는 어색함을 없애기 위해 일부러 교태 섞인 동작으로 남자를 불렀다. 남자가 다가가자 여자는 남자의 어깨에 팔을 두르면서 "당신이 알고 내가 아는 것을 우리 서로 가르쳐줘요"라고 말한 후 주저하는 남자에게 "이건 우리와 하나님만 아는 일이에요"라고 속삭였다.

이 세상에서 가장 빠른 것은 생각의 속도일 것이다. 생각은 한 순간에 사람의 일생을 관통할 수도 있다. 생각이 번개보다 더 빠른 속도로 남자의 머리를 스쳐갔다. 그는 순간 친구가 처음 그 집으로 걸어 들어올 때 느꼈던 이상한 전율 같은 것을 다시 느꼈다. 그는 친구와 같이 잤다는 걸 안 여자가 잠자리에서 질투로 타오르는 모습을 떠올렸다. 그 모습은 생각만 해도 그를 흥분으로 떨게 만들었다. 그리고 다른 생각이 그를 스쳐갔는데, 그 당시 그는 그 속도가 너무 빨라서 윤곽을 정확히 잡을 수 없었다. 하지만 시간이 흐른 후 그 사건이 종지부를 찍고 나서 그 생각의 윤곽을 정확히 떠올릴 수 있었다. 파괴였다. 그는 여자와의 생활을 파괴해 버리고 싶었다.

친구와의 섹스는 아무런 즐거움도 주지 못했다. 그는 아주 불쾌한 얼굴로 친구를 바라보고 있었고, 어색하게 그의 싸늘한 얼굴을 마주보고 있던 친구의 얼굴에 놀란 빛이 떠오르는 것을 보았다. 여자가 다가오고 있었다. 머리 속을 방황하던 생각이 무엇엔가 부딪치면서 뇌성번개를 일으키고 있었다.

여자는 남자의 의도를 눈치챘다. 남자는 간단한 짐을 꾸려들고, 청교도 같은 엄숙한 얼굴로 정욕으로 얼룩진 집을 둘러보고, 넋 놓고 앉아 있는 여자를 싸늘함과 연민이 섞인 시선으로 흘깃 보고, 뒤돌아서서 자괴적인 무거운 걸음으로 걸어 나갔다. 꼼짝 않고 남자를 노려보던 여자가 갑자기 벌떡 일어나서, 신발도 신지 않은 채, 그를 데려오려고, 또는 그저 다시 한 번 그를 보고 싶어서 막 뛰어나갔다.

8

세월이 흘러갔다. 그녀는 철마다 꽃이 바뀌는 것 외에는 별로 변화가 없는 호숫가 집에 머물고 있었다. 그녀는 그곳을 떠나 멀리 가고 싶었으나 그 남자가 돌아올지 모른다는 생각 때문에 그냥 머물고 있었다. 그녀는 언젠가는 남자가 돌아오리라는 믿음을 갖고 있었다.

　오후가 되면 그녀는 산책을 나섰다. 인디고 나무 그늘 아래서 책을 읽고 있던 늙은 여인은 그녀의 두 어깨에 힘이 없는 것을 보면서 안타까워했고, 나무다리 위에서 오리들에게 먹이를 주고 있던 어린애들은 소녀가 되었다. 다리 위에서 그림을 그리던 남자는 그녀가 주변의 아름다움에도 불구하고 감동 없는 얼굴로 걷고 있는 것에 불만을 느꼈고, 피아노 건반 위에 앉아 있던 피아니스트는 메가포타미컴 나무 아래 앉아 있는 여자의 불행한 얼굴에서, 전에 그녀가 남자와 같이 있었을 때 짓던 행복한 미소를 찾아주고 싶은 마음에 정성껏 피아노를 쳤다.

　그녀에게 위안이 되는 것은 아무 것도 없었다. 그녀는 변화라고는 철마다 바뀌어 피는 꽃밖에 없는 그 호숫가 동네에 유폐된 것같이 느꼈다. 겨울이 되면 거의 매일 비가 내렸고 그러면 그 집은 더욱 깊은 감옥이 되었다. 사랑하는 사람이 곁에 있을 때 아름다운 풍경은 물론, 모든 것을 쓸어버릴 것 같은 비까지도 기쁨이었지만 실연당한 사람에게는 견디기 힘든 것들이 됐다.

　그녀는 고여 있는 것 같은 풍경을 바라보고 있다가, 내리는 비를 바라보고 있다가 갑자기 그 남자가 어리석다며 탄식을 하곤 했다. 그녀는 그 남자가 그녀를 떠나 찾고자 하는 것이 아무 것도 아니라는 걸 알고 있었다. 그리고 그 남자가 그 진실을 깨닫는 날이 빨리 찾아오길, 그래서 그 남자가 지친 몸을 끌고 나타나길 기다리고 있었다.

다시 세월이 흘러갔다. 50대에 들어선 그녀는 여전히 아름다웠고 폭풍이 휘몰아치고 난 다음 날 아침 햇살에 피어나는 꽃처럼 더욱 그윽해진 것 같았다. 희끗희끗하게 나기 시작한 흰머리 때문에 여자는 전보다 더 품위가 있어 보였고 어느 때보다도 안정돼 보였다. 호숫가 동네는 철마다 꽃이 바뀌는 것 외에는 별 변화가 없었으나 그녀에게는 변화가 있었다. 아버지가 돌아가시고 혼자되신 어머니가 그녀 곁으로 와서 같이 살고 있었다.

아침이면 당뇨 때문에 허기를 참지 못하는 어머니가 우유를 데우느라 달그닥거리는 소리에 눈을 뜨고, 하루에 두 차례 티타임을 갖고, 어머니가 한국방송을 듣는 동안 청구서들을 정리하고, 오후엔 산책을 나서고, 변함없이 찾아드는 밤을 맞는 생활이 반복됐다. 세포가 뒤틀어질 것 같은 그 지루한 삶의 방식에 어느덧 그녀는 적응이 돼 있었다.

인디고 나무 그늘 아래서 책을 읽는 늙은 여인이 보이지 않는 날은 그녀의 건강을 걱정하고, 나무다리 위에서 그림을 그리던 남자의 집에 초대받아 가서 그가 수십 년을 두고 그린 그림이 실은 아마추어 수준이라는 걸 알아냈으며, 나무다리 위에서 오리 먹이를 주던 중국 계집아이 둘이 이제는 대학생이 돼 근처 대학을 다닌다는 것도 알고, 철이 바뀔 때마다 어떤 꽃이 필 줄 미리 알았다.

이제 그녀는 그곳을 떠날 수 없다는 것도 알았다. 그건 그 남자가 돌아올지 모른다는 기대감보다도 그녀가 그곳을 사랑하기 때문이었다. 그곳에는 그녀의 사랑과 행복, 아픔과 외로움, 그리고 기다림이 용해돼 있었다. 사랑과 행복보다는 고통과 절망을 이겨 낸 그 세월들이 스며 있는 그 곳을 버릴 수가 없었다. 그것을 부인한다는 것은 자신의 인생을 부인하는 거였다.

9

슬프게도 이제 시작은 없소. 내 앞에는 한 가지 길만이 있소. 난 그 길을 인도할 죽음의 사자를 기다릴 뿐이오.

이제 마지막 작별을 고할 시간이오. 아침에 찻길의 먼지가 시꺼멓게 쌓인 병원 창가에 참새가 날아와서 한참 지절대다 갔소. 내 눈앞에 우리 정원에 있던 프린세스 나무와 그 나무에 걸터앉아 순을 뜯어먹던 새들, "아이구, 나뭇가지들이 다 부러지겠네"라면서 당신이 서서 바라보던 모습과 중얼거리던 소리가 선명하게 들려왔소. 그리고 울타리 밖의 호수와 아름다운 집들…….

내 눈에서 눈물이 굴러 떨어졌소. 행복의 눈물이었소. 여태껏 인생이 나에게 가혹하다는 생각으로 불행했는데, 섬광처럼 인생의 대차대조표에서 밑질 것이 없다는 생각이 든 것이오. 당신을 바라보고, 당신의 몸을 안고, 당신과 음식을 먹었던 그 순간들이 너무나 사랑스럽게 고스란히 되살아났다오.

귀를 기울여 당신의 소리를 들으려 했다오. 모든 자세한 얘기들, 심지어는 지극히 무의미한 것까지 이렇게 생생히 생각이 나는구려. 죽음의 길이 과거로 가는 것이라면 과거 속의 우리를 만날 수 있으니 좋을 것이라는 허황된 생각도 해보았소. 하지만 아주 허황된 생각은 아닌 것 같소.

그런데 갑자기 나는 공포를 느끼오. 현실과 과거로 갈라지는 길목이라는 생각 때문에 말이오. 이 얼마나 이상하고, 얼마나 무서운지! 내가 먼 길을 앞두고 당신에게 편지를 쓰고 있는 동안에도 당신은 지구 저쪽의 호숫가 집 정원에서 프린세스 나무 아래 앉아 있을 거란 생각 말이오. 그러면 우리는 얼마나 멀어지게 되는 건지…….

후회가 되오. 뼈에 사무치게. 그 당시 내가 왜 행복을 받아들이는 것에 대해 그렇게 겁을 먹고 있었는지, 얼마나 어리석었는…….

그녀는 편지에서 눈을 떼고 눈앞의 호수와 집들을 바라보았다. 노을이 한낮의 태양 볕에 따스해진 호수와 집들, 가을이 깊어지는 정원을 금빛으로 물들이고 있었다. 그녀는 빈 그네가 덩그러니 매달려 있는 어느 집 정원과, 그 집 담을 따라가다가 집 뒤로 사라져버린 들풀이 무성한 오솔길에 눈길을 주었다.

점차 어둠이 내리면서 집들도 오솔길도 어둠 속으로 사라져 갔다. 곧, 물 위에는 집집마다 켜기 시작한 불빛이 어른거렸다. 그녀는 이미 돌아갈 시간이 넘었음을 깨달았지만 쉽게 몸을 일으키지 못했다. 멀리 어둠 속으로 물러났던 집들이 불빛 때문에 가깝게 다가왔다. 그중 한 집의 주방에서 중년의 남자가 요리를 하고 있었고, 어떤 집의 정원에서 반바지를 입은 여자가 핸드폰을 들고 열심히 얘기하면서 장미나무에 물을 주고 있었다.

그녀는 물 위에 넘실거리는 황금빛 불빛을 바라보았다. 오솔길 저편으로 사라져버렸던 꿈결 같은 옛 순간들이 이번에는 물속에서 깔깔거리며 그녀에게 손짓을 하는 것 같았다. 잠깐 동안 멍한 기분으로 벤치에 앉아 있던 그녀는 그때까지 그녀를 은근히 짓누르던 비참한 기분을 떨쳐버리고 일어나 음식냄새와 웃음소리와 나뭇잎 떨어지는 소리들이 들어찬 길을 걷기 시작했다. 이제 모든 것은 끝이 난 것이다.

10

그녀는 어머니가 우유를 데우느라 딸그락거리는 소리에 눈을 떴다. 태양은 방 안 깊숙이 금빛살을 꽂아 놓았고, 창 밖에는 새들의 노랫소리가 뒹굴어 다녔다. 그녀는 일어나서 어머니 방으로 들어가 보았다. 그리고 방바닥에서 이상한 냄새를 풍기고 있는 플라스틱 대야를 보았다. 어머니가 욕탕에서 밑물용으로 쓰는 것이 밤사이에 침실로 들어 앉아 오물을 가득 담고 있었다.

그녀는 대야를 들고 거실로 내려가 우유를 마시고 있는 어머니를 보았다. 어머니 얼굴이 수치심으로 붉게 물들었다.

"망령이 들었나보다. 밤에 나가서 화장실을 찾는데 눈이 어두워서 찾을 수가 있어야 말이지."

화장실은 방 안에 붙어 있었다. 한국에서도 아파트에 살아서 방 안에 붙어 있는 화장실에 익숙한 어머니는 잠시 소녀적으로 돌아가 그 시절의 시골집 변소를 생각하고 있었던 모양이다. 그녀는 어머니 얼굴을 멍하니 바라보았다. 앞으로 닥칠 일들이 주마등처럼 스쳐지나갔다. 하지만 모든 것을 견딜 수 있을 거라는 생각이 뒤따랐다. 좋고 기뻐해야 할 일들이 점점 없어지는 것처럼, 싫고 귀찮아해야 할 일들도 비례해 없어져갔다.

아침 식사 후 그녀는 주마등 같은 용기에서 커피를 덜어 어머니와 같이 마실 커피를 마련했다. 호두나무 식기장을 연 그녀는 잠시 망설이다가 파란 물을 머금은 것 같은 청색 바탕에 데이지 꽃이 그려진 커피잔을 꺼냈다. 그 잔을 쓸 특별한 날은 그날부터 매일 계속될 것이다. 식기장을 닫으려던 여자는 막 떠오른 어떤 생각 때문에 순간 멈칫했다. 하나의 이야기가 이제 책장을 덮고, 그릇들이 그득한 그 식기장 구석 어딘가에, 아니면 은밀한 이야기들을 간직하고 있는 앤틱들이 들어차 있는 그 집 어딘가에 둥우리 틀 곳을 찾아들고 있다는 느낌 때문이었다.

그녀는 커피잔을 들고 정원으로 나가 붉은 잎새를 똑똑 떨구고 있는 올리브 나무 아래에 앉아 있는 어머니에게 다가갔다.

"내 설탕 넣었냐?"

망연히 호수를 바라보고 있던 어머니가 커피잔을 들다 말고 의심쩍은 얼굴로 물었다.

"네."

갑자기 그녀는 그들의 대화가, 전날과 전전날 또 전전전날 그리고 전전전전…… 빠른 속도로, 귀가 멍멍해질 정도로 아우성을 쳐대며, 눈앞의 풍경과 함께 아득한 시간 속으로 빨려 들어가는 것처럼 느꼈다. 그리고 지금처럼, 전날도, 그 전날도, 1년 전에도, 수십 년 전에도, 수백, 수억 년 전에도 그 자리에 앉아 차를 마시고 있었던 것 같은 설명할 수 없는 묘한 느낌이 스쳐갔다.

곧 순간적으로 멍멍해졌던 귀가 반짝 틔면서 영겁 속으로 빨려 들어갔던 소음을 데리고 돌아왔다. 그녀는 바람 소리와 새들의 지저귐 소리와 호수물의 중량과 그걸 받치는 대지의 육중한 소리를 다시 느끼면서 긴 숨을 쉬었다.

커피를 마신 후 그녀는 어머니를 모시고 들어와 한국방송에 채널을 맞춰 드렸다. 어머니가 소파에 누워 방송을 듣는 동안 우편함에서 갖고 온 우편물을 정리하고 나서 방으로 들어와 옷을 정리하기 시작했다. 계절이 바뀌어 이제 옷 정리를 해야 할 때가 왔다. 그녀는 여름옷들과 밀짚모자들을 옷장 한구석으로 밀어 넣은 다음 서랍 속에서 오랜 잠을 자고 있던 캐시미어 스웨터와 저지 원피스 등을 꺼내 옷걸이에 걸었다.

11

"또 어딜 나가?"

어머니는 외출 준비를 하고 나서는 그녀를 보고 마땅찮은 음성으로 물었다.

"오늘이 첫 번째 토요일이잖아요. 잭 런던 스퀘어에서 앤틱 쇼가 있어요. 한번 둘러보려고요."

그녀는 오랜만에 외출을 하기 위해 햇볕이 쏟아지는 거리로 나섰다. 태양은 알맞게 따가웠으며 바람도 기분좋게 선선했다. 주말을 맞은 호숫가 동네는 평소보다 활기에 차 있었다. 책을 읽던 늙은 여자는 저녁에 아들 내외가 온다며 마당 한켠에 방치돼 있던 바비큐 틀을 청소하느라 분주했고, 정원의 잡초를 뽑던 여자는 들고 나온 바구니에 레몬을 주워 담았으며, 오리 먹이를 주던 처녀들은 데크 위에서 잠을 자던 보트를 호수에 띄웠다.

자전거를 탄 일가족이 그녀를 스쳐갔고, 보트를 저으면서 정원에 나와 있는 이웃들과 수다를 떨던 처녀들이 그녀를 보고 어디 가느냐고 물었다.

그녀는 오랜만에 서랍에서 꺼내 입은 캐시미어 스웨터를 한 번 쓸어보고, 따가운 햇빛을 가려 주는 펠트 모자를 고쳐 쓰고, 복고풍 코코 샤넬 악어 핸드백을 다른 팔에 옮겨 든 다음 걸음을 재촉했다. 바람이 불어와 그녀를 스쳐갔다. 바람 속을 살랑이며 걸어가는 그녀는 어느 누구와도 달랐는데, 마치 과거의 어느 순간으로부터 불쑥 튀어나온 것 같은 향수를 불러 일으키고 있었다. 바람은 길가에 피어 있는 꽃들을 흔들어 사방에 향기를 흩뿌렸다. 재스민과 장미와 이름모를 들꽃에서 뿜어 나오는 향기를 헤치고 걷는 그녀에게서 은은히 좀약 냄새가 풍겨 나왔다.

누가 베르톨트 브레히트를 죽였는가

그때 남루한 옷차림의 동양 소년이 광장을 가로지르며 다가왔다.

"그 책 제 것인데요."

"베르톨트 브레히트 말이니?"

그녀는 의외라는 듯이 소년을 살펴보면서 책을 건네주었다.

그 책과 소년은 정말 어울리지 않았다.

"고마워요."

소년이 굉장히 중요한 귀중품을 다루듯 옷소매로 책 표지를 문질렀다.

그녀는 한두 발짝 걷다 말고 뒤돌아섰다.

"네가 브레히트를 아니?"

카키색 작업복을 입고 때에 전 가죽 모자를 눌러 쓴 중년 남자가 뒷주머니에 위스키 병을 꽂은 채 휘파람으로 찬송가를 부르며 지나쳤다. 몸에 착 달라붙는 검은 가죽옷의 금발 여자와 머리 반쪽만 밀어버린 흑발 여자가 "샌프란시스코에 화이트 크리스마스가 온다면 정말 멋질 거야"라고 말하며 스쳐갔다. 그들 뒤를 이어 머리에 기름을 발라 뒤로 넘긴 청년과 흰 스카프를 두른 청년이 야릇한 미소를 지으며 스쳐 갔다.

　금방이라도 눈이 쏟아질 듯 축축한 바람이 일고 있는 거리에서 그녀는 수첩에 적힌 주소와 그녀 앞에 위압적으로 솟아 있는 빌딩의 주소를 대조해 보았다. 그리곤 잠시 손목시계를 들여다본 후 오던 길을 되돌아 걷기 시작했다.

막 그녀를 스쳐 갔던 청년 둘이 앞서 걸어가고 있었다. 그들은 걸음을 빨리 해 앞서 걷던 금발과 흑발의 여자에게로 다가가 "기가 막힌 몸매야"라면서 추근거렸다. 조금 더 걷자 비둘기 똥으로 얼룩진 광장이 나타났다. 배가 불거진 깜둥이 하나가 지나치는 그녀를 보고 "헤이 뷰티! 약 필요해?" 하고 물었다. 추레한 개를 데리고 있는 거렁뱅이 여자가 쓰레기통을 뒤지다가 시들어 버린 꽃 한 송이를 주워 엉켜 붙은 머리에 꽂았다.

광장 벤치는 대부분 그 여자같이 배낭을 진 사람들이 차지하고 있었다. 그들 중에는 배낭을 베개 삼아 누워 있는 사람도 있었고, 땅에 떨어진 담배꽁초를 주워 피우는 사람도 있었다. 머리에 꽃을 꽂은 여자는 개를 데리고 마침 비어 있는 벤치로 가 앉았다. 그녀도 벤치로 가서 앉았다. 머리에 꽃을 꽂은 여자는 그녀 머리처럼 엉켜 붙은 털을 가진 개를 그러안고 눈을 감았다. 그녀는 처음 줄리를 봤을 때, 꼭 그 개처럼 털이 더러웠다는 것을 기억해 냈다.

줄리는 찬거리를 사갖고 집으로 향하던 그녀를 어슬렁거리며 뒤따라온 개였다. 별로 동물을 좋아하지 않는 그녀는 차 문을 열자 먼저 타려고 덤벼드는 개가 무서웠다. 겨우 개를 밀어내고 차 문을 닫은 후에도 앞바퀴에 착 달라붙어 있는 개 때문에 움직일 수가 없었다.

한참을 망설이다가 혹시 근처에 개 주인이 있을까 찾았으나,

짐작대로 개를 찾는 사람은 없었다. 결국 그녀는 할 수 없이 개를 집으로 데리고 갔었다. 그리고 다음 날 동물보호소에 데려다 주리라 마음먹었으나 목욕을 시킨 후에 살아나는 하얀 털이 보드라워 우물쭈물하게 됐고, 개벼룩이 번져 일주일가량 고생하면서 매일 갖다 버릴 생각을 했다가 막상 벼룩이 없어졌을 때쯤은 줄리라는 이름을 지어주었다.

줄리와 한 이 년쯤 살았을까? 그녀는 줄리가 죽지는 않았을까 걱정하고 있는 자신을 깨닫고 '정들면 참 귀찮아 정말……' 하고 중얼거렸다.

"징글벨 징글벨 징글 얼 더 웨이……."

갑자기 광장에 나타난 한 무리의 사람들이 크리스마스 캐럴을 합창하기 시작했다. 그러자 벤치에 늘어져 있던 사람들이 주섬주섬 몸을 일으켜 그쪽으로 몰려갔다. 캐럴을 부르는 사람들이 몰고 온 밴의 뒷문을 열고, 은박지에 싼 음식물을 꺼내 늘어선 사람들에게 나누어주기 시작했다.

늘어선 줄이 채 반밖에 줄어들지 않았을 때 두 명의 경찰이 나타났다. 음식을 나누어주던 사람들이 재빨리 밴을 몰고 달아났다. 그들을 쫓던 경찰들이 늘어선 걸인들을 해산시키려 하자 소란이 일어났다.

그 와중에 머리에 꽂은 꽃이 땅으로 떨어지자 거렁뱅이 여자가 그것을 주우면서 "팍큐! 배고픈 사람에게 음식 나눠주는 게 죄가 되는 세상은 이곳밖에 없을 거다. 지옥에나 가라지"라고 소리질렀다. 거렁뱅이 여자는 눈물을 글썽이며 개를 끌고 벤치로 돌아갔다. 음식을 받은 사람들은 시꺼멓게 때가 낀 손으로 은박지를 벗겨내고 안에 든 햄버거를 먹기에 여념이 없었다.

한순간의 소동이 인 후 거짓말같이 평정을 되찾은 광장을 질러 나오다가 그녀는 땅에 떨어진 책을 보고 주워들었다. 표지에서 '베르톨트 브레히트'라는 이름을 본 그녀는 조금 놀랐다. 그때 남루한 옷차림의 동양 소년이 광장을 가로지르며 다가왔다.

"그 책 제 것인데요."

"베르톨트 브레히트 말이니?"

그녀는 의외라는 듯이 소년을 살펴보면서 책을 건네주었다. 그 책과 소년은 정말 어울리지 않았다.

"고마워요."

소년이 굉장히 중요한 귀중품을 다루듯 옷소매로 책 표지를 문질렀다. 그녀는 한두 발짝 걷다 말고 뒤돌아섰다.

"네가 브레히트를 아니?"

"아줌마도 그를 아세요?"

소년의 눈이 반짝 빛났다.

그녀는 다시 시계를 들여다보고 빠른 걸음으로 광장을 빠져나왔다. 좀 전의 그 빌딩 앞으로 오자 심호흡을 한 번 하고 나서 육중한 유리문을 밀었다. 고급스런 카펫과 비단 벽지로 장식된 레스토랑은 아직 저녁 손님을 받기엔 일러서인지 서너 테이블만 제외하곤 텅 비어 있었다.

한가한 시간을 틈타 동료들과 잡담을 하던 금발의 웨이트리스가 다가와 일행이 몇 명이냐고 물었다. 가슴이 깊숙이 파이고, 허벅지가 드러나도록 옆선을 튼 유니폼을 입은 육감적인 여자 앞에서 그녀는 순간 그만 돌아갈까 하고 망설였다.

"인터뷰 때문에 네 시에 약속이 있어요."

웨이트리스가 얼굴에서 미소를 지워 버렸다.

"주방 일이라면 그 체구로는 힘드실 거예요."

"주방 일이 아니라……."

"아무튼 잠시 기다리세요. 매니저를 불러 드릴게요."

금발의 아가씨가 매혹적으로 몸을 흔들며 사라진 후에 곧 매니저가 나왔다. 그는 그녀의 말을 듣고는 지원서를 건네주며 우선 작성하라고 말했다.

그녀는 구석진 테이블에 앉아 지원서를 메워나갔다. 잠시 학력 란에서 망설이다가 사실대로 대학원이라고 기입했다. 그리고 경력 란에 도서관 사서 일을 했음을 적을 때는 씁쓸한 기분에 빠져들었다.

십여 년 간 일해오던 시립도서관 분관이 행정부의 사회복지 예산 삭감으로 문을 닫게 되는 바람에 그녀는 직장을 잃었다. 마지막으로 근무하는 날 동료인 클리프는, "다음 달부터는 아파트 렌트비도 없어. 남은 돈 싹싹 긁어서 슬리핑백이나 하나 사 갖고 떠돌아다녀야 할까봐"라고 말했는데 그의 말에 웃는 사람이 아무도 없었다.

그녀는 오래 전에 일을 한 적이 있는 대학도서관을 찾아갔었다.

"우리 도서관은 대학도서관 최초로 모든 자료를 전산화했어요. 정보화시대에 부응하는 용기 있는 결단이지요. 이미 컴퓨터는 우리의 예상을 초월해서 막강한 파워를 갖게 됐기 때문에, 우리 학생들이 경쟁에서 이기려면 모든 정보의 전산화는 필수적입니다. 정보화시대를 이끌 우리 도서관 사서가 되려면 컴퓨터에 대한 많은 지식을 갖고 있어야 해요."

컴퓨터를 예찬하는 젊고 자신만만한 도서관장을 보면서, 그녀는 문득 자신이 시대의 뒷켠으로 밀려나 있음을 깨달았다.

지원서를 다 쓴 후에도 매니저는 나타나지 않았다. 그녀는 나가버리고 싶은 유혹을 느꼈다. 몇 차례의 유혹을 물리쳤을 때 매니저가 나타나서 늦었음을 사과했다. 매니저는 서류를 자세히 훑어보며 "석사학위를 가지셨군요. 흠, 도서관 사서로도 일하셨군요"하면서 우스꽝스럽게 신중성을 보였는데 그럴 때마다 그녀는 무슨 큰 잘못을 저지른 것처럼 주눅이 들었다.

한참 흠흠거리며 그녀를 살피던 매니저가 언뜻 종아리에 주었던 시선을 거두며, "이곳에서 일하시기에는 자질이 높으시군요"라고 말했다.

"사무직은 적성에 안 맞아서요. 그리고 전 집에서도 손님들 치르는 걸 무척 좋아해요. 좋은 웨이트리스가 될 수 있을 거예요."

그녀는 변명조로 얘기하는 자신의 목소리가 낯설어서 슬퍼졌다. 그녀의 말을 들으며 거의 울상을 짓던 매니저가 일어서더니 아무튼 곧 연락을 드리겠다고 말하고 사라졌다.

그녀는 천천히 핸드백을 열고 테이블에 덩그마니 놓인 볼펜을 주워 넣은 다음 자리에서 일어났다. 입구 쪽으로 걸어 나가는데 늦은 점심을 먹는 한 쌍의 남녀가 나른한 표정으로 그녀를 쳐다봤다. 문을 열던 그녀 눈에 조금 전의 육감적인 웨이트리스와 매니저가 수군거리며 킥킥 웃다가 그녀를 보고 웃음을 삼키는 모습이 보였다.

그녀는 건물 밖에 서서 조금 전보다 분주해진 거리 모습을 짜증스럽게 바라봤다. 어디선가 크리스마스 캐럴이 흐르자 으스스 한기가 들었다. 팔에 걸치고 있던 바바리코트를 껴입고 벨트를 여미다가 종아리 부근에 동전 크기만큼 스타킹이 뚫려 있는 것을 보았다.

"연락 오긴 틀렸어."

그녀는 스타킹의 구멍이 별로 수치심을 자극하지 않는 것에 대해 이젠 늙은 걸까? 라고 자문해 보았다. 그녀는 백에서 다시 수첩을 꺼내 X표가 댓 개 그어진 주소 아래 다시 X를 그었다. 이미 날이 저물었고 그리고 사람들을 보는 게 겁이 났다. 언제부터인지 자신이 사람들에게 호감을 주지 못한다는 생각이 새삼 그녀를 움츠러들게 했다.

그녀는 길거리에서 사람들이 더 이상 "하이!"라고 인사하지 않게 된 것이, 슈퍼마켓 종업원들이 "오늘 날씨가 좋군요"라고 인사하지 않게 된 것이 언제쯤인지 곰곰 생각해보았다. 아무래도 머리 속에서 샤워물 흐르는 소리가 들리기 시작한 때부터인 것 같았다.

텅 빈 복도를 지나 텅 빈 아파트로 들어서서 옷을 벗고, 습관적으로 샤워실에 들어가 물을 틀면 이상한 소리가 쏟아져 내렸다. 어디선가 전화벨이 긴박하게 따르릉거리고, 누군가 옆방에서 비명을 지르고, 폭포수가 마구 쏟아져 내리는 소음 속에 줄리가 캥캥거리며 바둥대는 소리도 섞여 쏟아졌다. 그러면 그녀는 물을 잠그고 방 안의 정적 소리, 복도의 정적 소리를 확인하곤 했다. 그 샤워 소리가 가끔 그녀의 머리 속에서 쏟아져 내렸다.

광장을 지나치는데 머리에 꽃을 꽂은 여자가 개를 그러안고 자고 있는 모습이 보였다.

'줄리에게 새 주인이 나타났을 리 없어.'

그녀는 쓰디쓴 얼굴로 머리를 저었다. 지금 사는 빈민 아파트로 이사하면서 개를 못 키우는 규정 때문에 줄리를 동물보호소에 갖다 맡길 때도 담담했던 그녀였다. 그리고 그 후 으슥한 복도를 지나 방문을 열 때 무심히 줄리가 반길 것으로 예상했다가 실망한 후에도 '먹일 것 챙기지 않아서 편하지, 목욕시킬 일 없지, 개털에 신경 안 써도 되지' 하며 애써 허전함을 꾹꾹 눌러 온 그녀였다.

그러나 동물보호소에 맡긴 개, 고양이, 토끼 같은 동물들이 일정기간 안에 보호자가 나타나지 않으면 안락사시킨다는 말을 듣고부터는, 줄리에 대한 감정이 그리움이나 허전함뿐만은 아니었다는 사실을 깨달았다.

줄리를 보호소에 보냈을 때 그곳 직원은 "이놈은 착하게 생겨서 금방 새 주인을 만날 거예요"라고 했는데 생각할수록 눈에 눈곱이 끼기 시작하여 추잡하게 늙은 티를 내는 줄리에게 새 주인이 나타났을 것 같지는 않았다. 직원의 말은 그의 희망 사항에 불과했을 것이다.

'아마 죽었을 거야……'

그녀는 집으로 가기 위해 버스 정류장으로 발길을 돌렸다. 언제부터인지 누군가가 그녀와 보조를 맞추며 따르고 있다는 생각이 들었다. 언뜻 뒤를 돌아본 그녀는 광장에서 책을 주워 준 소년을 보고 놀랐다. 그녀를 보고 친근하게 웃는 걸로 보아 계속 뒤를 따르고 있었던 것 같았다. 그녀는 성가신 생각이 들어 매몰차게 등을 돌리고 계속 길을 걸어갔다. 소년도 같은 보조로 뒤따랐다.

그녀는 도중에 상점에 들어가 물건을 살펴보는 척했다. 한쪽 벽면을 차지한 장난감 코너는 사람들로 붐볐다. 닌텐도 전자오락 게임기 코너에는 사내 녀석들이 잔뜩 몰려 있었고, 계집애들은 인형 파는 쪽에 더 많이 몰려 있었다.

한 손에 목이 부러진 바비 인형을 든 소녀가 훌쩍거리면서 똑같은 것을 사 내라고 조르고 있었다. 소녀의 엄마가 같은 인형을 골라 건네 줄 때마다 소녀는 "싫어, 그건 이것과 머리색이

틀려'라든가 '그건 눈이 예쁘지 않아'라면서 트집을 잡았다.

어린 시절 그녀에겐 제니라는 금발 인형이 있었다. 그녀가 밥먹을 땐 제니에게도 조그만 소꿉용 식기에 밥을 덜어 먹였고, 철 따라 옷도 바꿔 입히면서 몇 년을 끼고 살았다. 집에서 키우던 바둑이가 제니를 갈기갈기 찢어버렸을 때 그녀는 자기 몸이 찢긴 것처럼 아파했었다. 부모님도 언니도 그녀가 슬퍼하는 걸 당연하게 여겼다.

지금 갑자기 그녀는 그것은 몇 뼘의 헝겊 조각과 한 줌의 솜과 몇 개의 플라스틱 장식에 불과하다고 말해주지 않은 그들을 비난하고 싶어졌다. 소녀의 칭얼거림이 심해졌을 때 그녀는 '그건 플라스틱에 불과하다'고 버럭 소리지르고 싶은 충동을 이기지 못해 상점을 나왔다.

소년은 우두커니 서 있었다. 그녀가 움직이자 소년도 움직였다. 다시 소년이 뒤를 쫓기 시작했을 때 그녀는 뒤돌아서서 화난 음성으로 "왜 자꾸 따라오지?"라고 물었다.

"아줌마 한국 사람이지요?"

소년의 말에 그녀는 실소하면서 그가 곧 차비 얘기를 꺼낼 거라고 추측했다.

"이 넓은 바닥에서 이젠 한국 사람이 더 이상 희귀종은 아니잖니?"

그녀가 신경질적으로 쏘아붙였다.

"그건 그래요."

소년이 수긍했다.

그녀는 다시 등을 돌리고 걷기 시작했다. 소년은 여전히 뒤따랐다. 그녀가 다시 휙 돌아섰다. 깜짝 놀란 소년이 멈춰 서서 "그러나 전 한국 사람은 한 사람밖에 몰라요"라고 더듬거렸다.

"내가 한국 사람이라서 네가 날 따라오는 거니? 난 중국 사람이다. 이제 더 이상 나를 따라오지 마!"

그녀는 미국에서 영어를 쓰고 살면서 고국에 대한 막연한 환상을 품고 있는 감상적인 부류들이 생각나 불쾌했다. 그러나 소년은 끈질기게 따라왔다. 따라오면서 소년은 "제가 아줌마를 따라 다니는 건 아줌마가 베르톨트 브레히트를 알기 때문이에요. 내가 사람들에게 책을 보여주며 그를 아냐고 하면 모두들 고개를 저었어요"라고 설명했다.

그녀는 어처구니없는 표정으로 소년을 돌아보았다.

"그게 뭐가 그리 중요하니?"

"저에겐 그 사람에 대해 얘기해 줄 사람이 필요해요."

소년의 눈에 나타난 단호함은 그가 쉽게 포기하지 않을 거라는 걸 느끼게 했다.

다 식어빠진 소시지 두 쪽과 말라빠진 삶은 감자를 먹다 포기하고 그녀는 포크를 내려놓았다. 감자는 너무 굳어서 포크로 속을 파먹기가 힘이 들 지경이었고, 소시지도 너무 구워서 두껍게 타 있었다.

그녀는 빵 조각으로 접시에 남은 소스 국물을 싹싹 문질러 먹는 소년을 쳐다보고 새로운 생활에 적응하지 못하는 자신의 입맛을 한탄했다. 주머니 속의 지폐를 만지작거리며 혹시 입맛이 동하는 음식이 없을까 하고 입구 쪽의 유리 케이스를 살펴보았다. 진열장에는 기름이 엉겨 붙은 칠면조나 닭들이 거무튀튀한 다리를 들어올린 채 누워, 조명이 바뀔 때마다 핏빛과 멍빛으로 물들면서 식욕을 떨어뜨리고 있었다.

진열대 위의 천장에서는 'Merry Christmas'라는 글씨를 따라 박힌 조그만 전등들이 색깔을 바꾸어가며 명멸하면서 고기뿐만이 아니라 홀 안에 듬성듬성 앉아 음식물을 삼키는 노인들을 음울하게 비추고 있었다.

그녀는 먹는 것을 포기하고 동전 두 개를 들고 카운터로 가서 커피를 한 잔 샀다. 돌아오는 길에 손님이 버리고 간 신문을 습관적으로 집어들고 오는데 조명 때문에 그로테스크하게 보이는 백인 노인이 옷자락을 거머쥐었다. 그녀는 깜짝 놀라서 커피를 반쯤 엎지르고 말았다.

"나 당신 몇 번 이곳서 봤지. 동양 사람들은 이런 곳에 잘 오지 않아서 난 당신을 기억해. 젠장 이런 싸구려 음식점은 이젠 백인들 전용이 됐거든. 정부는 동쪽에서 몰려드는 난민들 먹이고 재우고 가르치느라 우리에게 돌려줘야 할 돈을 마구 쓰고 있어."

"잘못 봤어요. 난 이곳이 처음이에요."

"거짓말! 너희 동양인들은 골칫덩어리 거짓말쟁이들이야."

그녀는 노인의 편협한 얼굴에 박힌 증오에 찬 눈을 들여다보면서 가난은 그들에게서도 너그러움을 앗아가 버렸다는 생각을 했다.

"내가 젊었을 땐 미국이 이렇지 않았어. 이젠 도처에 노랑둥이들이 득시글거려. 그놈들이 백인들의 것을 다 뺏어가고 있다고. 정신 차리지 않으면……."

노인이 터져 나오는 기침을 막으려고 옷을 움켜잡은 손을 놓았을 때 그녀는 총총히 자리로 돌아왔다.

"미친 영감쟁이!"

미친 사람들은 그녀 주변에 너무도 흔했다. 그런데도 그날은 그런 사람들과 맞부닥치는 것이 너무 지겨웠다. 말 상대를 잃어버린 노인은 다시 휑한 눈빛으로 느리고 무표정하게 음식물을 씹어 삼키기 시작했다.

홀 안엔 가끔씩 포크와 접시가 부딪는 소리만 들릴 뿐 바닷속 같은 정적이 감돌았다. 그녀는 커피를 홀짝거리며 습관적으로 신문의 구직란을 펼쳤다.

세크리터리 모집, 워드 프로세서 가능한 자.

커피숍 웨이트리스 급구,

인터넷 전문가 구함.

컴퓨터 오퍼레이팅.

그녀는 한숨을 쉬면서 신문을 접었다. 소년은 싹싹 먹어치운 접시 앞에 깍지 낀 손을 올려놓고 그녀와 그녀의 접시를 번갈아 쳐다보고 있었다. 그녀는 자신의 접시를 소년 쪽으로 밀었다. 별 망설임 없이 접시를 받아 다 먹어치운 소년이 "아줌마는 중국 사람이 아닌 것 같아요. 중국 사람들은 여간해선 음식을 남기지 않아요. 아줌마는 한국 사람의 광대뼈를 갖고 있어요"라고 말했다. 그녀는 소년의 말에 말없이 미소를 지었다.

"맞죠?"

소년의 얼굴에 반가운 표정이 떠올랐다.

"난 한국 사람이에요. 그러나 난 한국 사람들이 사는 곳에 가본 적이 없어요. 그래서 그들이 어떻게 살아가고 어떻게 모이는지 궁금해요. 그런데도 겁이 나서 그들이 모인 곳에 못 가겠어요. 왜냐하면 한국말을 모르거든요. 한국 사람들은 한국말을 모르면 상대하려고 하지 않아요. 사실 그 전에 난 한국에 대해 전혀 관심이 없었어요. 관심을 갖게 된 건 그 후일 거예요."

소년이 무심결에 내뱉는 '그 전'이라든지 '그 후'라는 단어가 주는 추리 작용에 말려드는 걸 조심하기 위해 그녀는 일부러 아무런 반응도 보이지 않았다. 그 소년의 그 전이나 그 후가 그녀와 무슨 상관이 있단 말인가?

"베르톨트 브레히트는 무슨……."

그녀는 한 끼 식사로 됐다고 판단하고 그만 일어서려고 했다. 시계를 들여다보는 그녀의 모습에서 낌새를 차린 소년이 애절한 미소를 지었다. 그 미소 속에서 연상되는 쉽게 부서지는 유약한 어떤 것이 그녀를 주춤하게 했다. 그녀는 가슴을 스치고 지나간 연상의 실마리를 찾아내려고 찬찬히 소년을 살폈다.

"작년에 굉장히 멋있는 한국 할아버지를 우연히 만난 일이 있어요. 마침 겨울이라 나같이 집 없는 사람들은 추운 뉴욕을 떠나 남쪽으로 이동할 무렵이었어요. 고속도로 입구에서 히치하이킹을 하다, 그 일이 점점 얼마나 힘이 드는지 아세요? 그 할아버지 차를 타게 됐고, 우리는 열흘 동안 달려서 샌프란시스코까지 왔어요."

소년은 그녀를 붙잡기 위함인 듯 갑자기 말이 많아졌다. 소년이 말하는 동안 계속 얼굴을 살펴보던 그녀는, 그의 약간 바랜 얼굴색과 귀에 뚫린 귀고리 자국에서 연상의 실마리를 찾아냈다.

행복한 얼굴을 한 사람들은 대낮에도 발걸음하기 꺼려하는 그녀의 빈민 아파트촌에는, 행복을 위해서는 약이 필요한 사람들이 어두컴컴한 복도에 나와 앉아 꿈꾸는 듯한 표정으로 히죽거리곤 했다.

그 복도에서 그녀는 가끔 옆방의 청년과 마주쳤는데, 그때마다 그 청년은 부서질 것 같은 희미한 미소를 짓곤 했다. 아직 소년의 티가 채 벗어지지 않은 청년은 가끔 남자들을 방으로 끌어들였는데, 방음 장치가 제대로 되지 않은 아파트 구조 때문에 그 방에서 어떤 일들이 일어나는지 알 수 있었다. 그녀는 청년의 바랜 듯한 얼굴색과, 한쪽 귀에만 찰랑거리며 매달려 있는 귀고리가 무엇을 뜻하는지 이해하게 됐다.

그 청년은 자살하기 얼마 전에 아파트 키를 돌리던 그녀의 팔을 잡고는 "이것 보세요. 이렇게 되기 시작하면 이미 끝장이에요. 팔리지 않는다구요"라고 말하면서 턱 밑에 삐죽삐죽 비어져 나온 턱수염을 가리켜서 놀래킨 일이 있었다. 그녀는 아직은 매끈한 소년의 턱을 살펴보곤 까닭 없이 안심했다.

"그 할아버지는 갑갑증이 나면 하던 일을 내팽개치고, 라면서너 상자 싣고 캐나다나 알래스카까지 올라가서, 문명의 흔적이 없는 후미진 마을을 찾아 들어가 라면이 떨어질 때까지 살다 오곤 한대요. 이번에는 캐나다 북쪽의 조그만 마을에서 두달 살다 내려오는 길이래요. 그곳의 과부 집에서 머물었는데, 말린 노루 고기와 라면만 먹다가 라면이 다 떨어지는 바람에 돌아가는 길이었대요. 그 할아버지는 차를 타고 오는 동안 많은 얘기를 해주었어요. 한국에서의 어린 시절, 압록강을 건넌 얘기, 상해 독립군 시절 얘기, 중국 혁명에 가담했던 얘기……. 난 그 얘기들을 들으면서 황홀하고 신났어요. 그리고 나도 그 할아버지처럼 독립운동을 할 수 있었던 시절에 태어났으면 얼마나 좋았을까 하고 생각했어요. 여기선 정말 신나는 일이 없거든요."

소년의 얼굴에 갑자기 오랜 권태의 응어리가 나타났다가 사라졌다.

"넌 왜 크리스마스 때도 가족을 찾아가지 않니?"

그녀가 물었다.

"난 크리스마스를 별로 좋아하지 않아요. 할 일이 많거든요. 장작을 패야 하고, 정원 손질도 해야 하고, 집 안 카펫 샴푸도 하고, 식기도 끄집어내서 한 번씩 씻어 놔야 하고…… 크리스마스트리 장식하는 것도 하나도 즐겁지 않았어요. 그래서 항상 12월 24일 저녁에 손님들이 초대되어 오고, 나도 말쑥한 양복에 넥타이를 매고 그들 앞에 선보일 때쯤 해서는 피곤하고 모든 게 시큰둥해졌지요. 나는 하품을 참으면서 손님들이 양부모에게 입양아에게 잘 한다고 침이 마르게 칭찬하는 걸 듣곤 했어요."

그녀의 옷자락을 움켜잡았던 노인이 식당을 나가려다 말고, 손으로 총 모양을 만들면서 뒤돌아서더니 그들 쪽을 가리키면서 '빵' 소리를 낸 후 급히 문을 열고 사라졌다.

"퍽큐!"

소년이 노인이 나간 문을 향해 소리쳤다. 그리고는 새삼 미안한 듯 계면쩍은 얼굴로 그녀를 바라보았다.

"내 양부모도 미쳤어요. 결국 난 지지리도 재수 없게 태어난 놈이죠. 나를 버린 부모를 둔 것도 그렇고, 양부모도 잘못 만나고, 그들에겐 나보다 한 살 위인 친아들이 있었어요. 그 아들이 공부를 잘 하는 게 양부모의 자랑거리였는데, 내가 그 애보다 더 잘했기 때문에 양엄마는 늘 속상해 했어요. 난 학교 신문의 편집장이었고, 나중에 유명한 저널리스트가 되고 싶었거든요. 난 공부할 시간을 빼앗기면서 일을 해야 했고, 늘 허기에 시달렸는데…… 그럴 때마다 왜 그들이 사랑하지도 않을 거면서 나를 입양했는지 의아했어요. 나중에 세상물정을 알고 보니 양부모는 미개국에서 애 데려와 정부에서 자식 양육비를 받고, 궂은 일 시키고, 꿩 먹고 알 먹고 한 셈이죠. 그들은 나에게 늘 사람 살 곳이 못 되는 곳에서 날 데리고 와서 키워주는 은인임을 강조했기에 나도 그런 줄 알았어요."

"그래도 이렇게 떠돌아다니는 것보다는 가족과 지내는 편이 나을 텐데……."

"그게 전부가 아니었어요. 비교적 나에게 무심했던 양아버지가 어느 날부터인가 친절하게 대해주기 시작했어요. 데리고 나가서 저녁도 사주고, 극장에도 데리고 가고, 그런 것들이 양엄마를 화나게 만들었지요. 그런 분위기 속에서 난 어느 사이에 양아버지를 절대적으로 숭배하게 됐어요. 그를 위해선 무엇이든지 할 수 있을 것 같았어요.

그러나 그가 차츰 이상하게 굴기 시작했어요. 양엄마가 안 계시는 동안 나를 곁에 앉혀놓고 포르노 비디오를 봤는데, 그게 전부 게이들이 섹스하는 거였어요. 그러면서 나보고 다리가 아프니 주물러 달라거나, 뭐 그런 이상한 주문을 했어요. 난 그 작자의 사랑을 잃게 될까 두려워 시키는 대로 했어요. 그리고는 결국 그는 날……."

소년은 더 이상 얘기하지 않았고, 그녀도 더 이상 묻지 않았다. 한참 침묵하던 소년이 무거운 분위기를 떨치려는 듯이 생기 있는 음성으로 "아줌마도 가족이 없으세요?"라고 물었다. 그녀는 머리를 가로젓고 소년의 시선을 피해 창밖으로 눈을 돌렸다.

유리창 하나를 사이에 두고 밖에는 갈 곳이 분명한 사람들이 분주하게 지나쳐 가고 있었다. 선물 꾸러미를 안은 여인이 남자에 감싸인 채 스쳐 가는 걸 보면서, 이제는 잊어버린 포근한 잠과 탄력 있는 웃음 그리고 따스한 감정들에 대한 기억을 되살려 보려고 했다.

그 기억의 끝에 이혼한 남편과, 아버지와 아버지의 새 여자를 택해 떠나간 아들이 있었지만, 이미 그들에 대한 감정은 그들과 그녀의 머리 색깔이 다른 만큼이나 낯선 것이 돼버렸다.

"미안해요. 내가 쓸데없는 질문을……. 이런 날은 사랑하는 사람이 있다면 훨씬 견디기 쉬울 거란 생각이 들어서요."

그녀는 소년이 입에 담은 사랑이란 말을 새삼스레 음미해보았다.

미군부대 기술고문관으로 왔다가 그녀를 보고 첫눈에 반해 "영원히 사랑한다"는 말로 부모 형제 다 뿌리치고 먼 이국까지 따라오게 만든 남편은 "나는 더 이상 너를 사랑하지 않아"라는 말과 함께 떠나갔다.

남편의 사랑타령은 그녀의 삶의 형태와 생존방식을 바꿔버렸다. 그 후 그녀는 서로 증오하면서도 끈질기게 이어 온 부모님 사이의 정 같은 것, 그녀가 자라면서 철저히 부정해 온 그런 종류의 관계도 어쩌면 사랑의 한 형태일 수도 있다고 이해했다.

딸랑 문 소리와 함께 크리스마스 캐럴이 섞인 거리의 소음과 으스스한 한기가 실내에 밀려들어왔다. 그녀는 갑자기 소년과 마주앉아 있는 자신이 한심해서 그만 일어서야겠다고 생각했다. 그녀의 거동에 민감해진 소년이 카운터로 가서 커피 두 잔을 사 갖고 왔다.

"날이 추워지려나 봐요. 따뜻한 게 마시고 싶어지는 걸 보니, 꼭 눈이 올 것 같은 날씨예요. 여기서 네 시간만 달리면 눈이 엄청나게 쌓여 있는 곳이 있대요. 눈이 많이 와서 집들이 생크림을 얹은 생일 케이크처럼 늘어서 있대요. 높은 산 속에 어마어마하게 큰 호수가 있는데 스키를 실은 차들이 오늘 그쪽으로 많이 올라가더라구요."

소년이 갖다 준 커피를 마시면서 그녀는 음산한 아파트 복도와 고장난 히터가 있는 방을 떠올리곤 가려는 마음을 버렸다.

"네가 아까 베르톨트 브레히트를 알아야 한다고 하지 않았니? 그게 왜 너에게 그렇게 중요한 거니?"

그녀의 말에 소년은 코트 주머니에 삐죽 고개를 내밀고 있는 책을 조심스럽게 끄집어냈다.

"이 책은 실은 그 할아버지 걸 훔친 거예요. 할아버지는 여행 중간중간에 이 책을 열심히 보셨어요. 그래서 할아버지와 헤어지기 전에 난 이 책을 훔쳤어요. 그런데 난 한국말을 하나도 읽지 못해요. 읽기만 하면 난 할아버지를 더 잘 알 수 있을 것 같아요."

그녀는 소년을 만나고 나서 처음으로 소리내 웃었다. 소년이 안심하는 얼굴로 따라 웃었다.

"그 할아버지가 너에게 큰 영향을 미친 모양이구나. 그런데 그는 널 두고 혼자서 어디로 갔니?"

소년이 잠시 생각하더니 "아마 좋은 세상 만들려고 어디에선가 인권운동 같은 거 하지 않으실까요?"라고 대답했다. 그녀는 소년이 퍽이나 재미있는 애라는 생각이 들었다.

"좋은 세상이라니?"

그녀가 반문하자 소년이 갑자기 격앙된 목소리로 말하기 시작했다.

"아줌마는 이 세상이 잘못돼 간다고 생각지 않으세요? 가령 예를 들면요, 아까 자선단체에서 집 없이 떠도는 사람들에게 음식을 주려고 할 때도 경찰이 법을 위반하는 거라고 잡아가려고 했잖아요. 사람들에게 음식을 주려면 위생시설을 해놓고 허가를 받으라는 거지요. 한편에선 먹지를 못해 굶주리고 있는데, 고맙게도 그들은 그 사람들 뱃속에 대장균이 들어가 혹시 배탈이 나지는 않을까 걱정하는 거예요.

하지만 여간해서는 통과시키지 않는대요. 그건 다 핑계지 뭐예요. 왜인 줄 아세요? 근처의 주민들이나 가게 주인들은 거렁뱅이들이 몰려드는 게 싫은 거예요. 그래서 돈을 써서 방해하는 거죠. 정부는 늘 돈 가진 자들 편이거든요. 이 세상은 돈 가진 사람들이 움직이게 돼 있다고요.

내가 양부모 돈을 훔쳐 갖고 가출한 후 돈이 떨어질 때까지는 미국은 천국 같았어요. 집 울타리 밖에 천국이 있었다는 걸 깨닫고 얼마나 기뻤는지 몰라요. 하루 종일 전자오락실이나 극장에서 지내다가 배고프면 맥도날드나 켄터키후라이드치킨에 가고, 자유의 여신상이 바라보이는 강가에서 보트도 타고, 그러다 지치면 잔디밭에 누워 청바지 차림의 남녀가 한가로이 지나가는 모습을 보거나, 비둘기 떼를 따라잡거나 했지요. 그러나 천국은 주머니 속에 돈이 있을 때까지만 계속된 거지요. 그리고 그 후는…… 난 밤이 무서워요."

소년이 몸을 흠칫 떨었다. 남편을 따라 미국에 가기로 결정했을 때 미국은 그녀에게 유토피아로 비쳤다. 일한 만큼 생활이 보장되는 사회, 대통령에 대한 풍자만화가 실리는 사회, 이혼한 부부끼리 스스럼없이 만나는 사회, 각자가 좋아하는 라이프스타일을 택해 살 수 있는 사회, 그런 곳이 이상사회라고 생각했다.

'지금도 이곳을 이상사회라고 생각하는가?' 그녀는 자문을 해보고 고개를 저었다. 그녀가 부자라고 느꼈을 때 세상은 쾌

적했고, 질서 있게 보였고, 어느 때고 방문할 수 있는 집들이 있었고, 음식 맛을 선택해 갈 수 있는 레스토랑들이 있었고, 항상 친절한 단골 세탁소 주인이 있었고, 어느 때고 달려와 줄 수 있는 경찰도 있었다.

그러나 빈민 아파트에서의 생활은 전혀 달랐다. 세상은 그녀에게 문을 닫았고, 심지어는 경찰도 빈민 세계를 감시하며 그들로부터 가진 자들을 보호하려고 하는 것 같았다. 세상은 그녀에게 음울한 곳이었고, 자신을 스스로 보호해야 한다는 생각은 그녀를 짓눌렀다. 그녀는 밤마다 어김없이 경찰차가 주위를 배회하며 내는 사이렌 소리를 들으면서, 그녀도 줄리처럼 보호소에 갇혀 있다는 생각을 하곤 했다.

"너의 그 할아버지는 어떤 세상이 좋은 세상이라고 그러디?"

"깜깜한 밤 사막 같은 광야를 달릴 때였어요. 갑자기 대낮처럼 환한 빛을 발하는 거대한 비닐하우스 대열이 나타났어요. 아! 그건 장관이었어요. 그건 닭장의 대열이었어요. 그 속에선 닭들이 밤을 낮으로 착각하고 달걀 낳는 시간을 자꾸 단축해 가는 거예요.

그러다가 우린 저 아래의 실리콘밸리를 지나치게 됐어요. 밤에도 환하게 불 밝혀놓은 애플사나 아이비엠 빌딩을 보면서 할아버지는 '꼭 닭장 같구나' 그랬어요. 그 속에 있는 사람들은 마치 닭같이 살고 있대요. 그러면서 사람은 자연의 시간 속에서 살아야 한다고 했어요."

"그럼 자연의 시간 속에서 사는 세상이 좋은 세상이란 말이니? 그런데 대체 자연의 시간이라는 게 무어니?"

"나도 잘 알 수가 없어요. 그런데도 할아버지가 그 말을 했을 때, 마치 그 세상에선 행복할 것 같은 생각이 들었어요. 나중에 곰곰이 생각해 보니까 언젠가 할아버지가 그 사회가 잘 된 사회인지 아닌지는 그 속에 사는 사람들이 어떤 마음을 갖고 사는지에 달려 있다고 했어요. 사람들이 좋은 마음을 갖고 살면 그 사회는 잘된 사회이고, 잘못된 사회는 사람들을 망가뜨린대요. 아마 자연의 시간 속에서는 인간적인 마음을 가진 사람들이 나오나 봐요."

"인간적인 마음이란 어떤 마음이니?"

진지한 그녀의 표정에 소년이 웃으면서 대꾸했다.

"아이 참 아줌마도. 다른 사람들을 아끼고 사랑하는 마음이겠지요."

"어떻게 좋은 세상을 만든다는 거니?"

"내가 생각해 봤는데요, 미국은 아직 땅이 많잖아요. 여행을 하다 보면 하루 종일 집 한 채 없는 평야를 달릴 때도 있어요. 그 땅을 조금 떼서 정부가 가난하고 집 없는 사람들에게 어디 니들 마음대로 살아봐라 하고 주는 거예요. 그러면 우리들은 그 땅에서 집을 짓고, 농사를 짓고, 극장도 짓고, 야구장도 짓고, 우리 멋대로 사는 거예요. 각자 욕심을 안 부리면 다 잘 살 수 있잖아요."

그녀는 실소했다. 진지함을 보였던 자신의 모습이 우스꽝스러웠다. 그녀 미소의 의미를 눈치챈 소년이 얼굴을 붉혔다. 소년은 확신이 사라진 목소리로 변명하려 했다.

"난 단지 그게 그렇게 힘들지 않을 거라 생각했어요. 단지……."

"네가 말한 멋진 할아버지가 그렇게 말하디?"

할아버지를 깎아내리는 일은 조금도 허용치 않으려는 듯 필사적인 태도로 소년이 "아니오"라고 대답했다.

창 밖에는 크리스마스트리, 따스한 음식, 정다운 사람들이 기다리고 있는 집을 향해 급히 발걸음을 재촉하는 인파로 들떠 있었다. 그녀는 그런 풍경을 바라보며 이상사회 외에는 갈 곳이 없는 소년을 동정했다.

소년은 아까부터 만지작거리던 책을 테이블에 올려놓으면서 "내 생각에는 이 책이 좋은 세상에 대해서 쓴 것 같아요. 그 할아버지가 내내 보고 있었거든요. 그런데 한국말이라 하나도 이해할 수가 없어요"라고 되풀이 말했다.

그녀는 테이블 위에 놓인 책을 집어 들고 펼쳐 보았다. 브레히트 드라마론에 대한 책이었다. 그녀는 그 사실이 소년을 실망시킬 것 같아 낭패감을 느꼈다. 소년이 눈을 반짝이며 어떤 책이냐고 재차 물었다.

대학 시절 그녀는 문학을 꿈꿨고 연극을 사랑했었다. 그녀가 속한 연극반 반장은 브레히트의 「어머니」라는 작품을 선택해서 반원들을 연습시켰다. 그녀는 자식을 낳은 어머니와 키운 어머니 중에서 키운 어머니 역을 맡았다. 반장은 브레히트를 이해 못하는 그녀를 향해 소리를 질러댔다.

"안 돼. 너는 작중 인물에 너무 몰입돼 있어. 주인공과 넌 별 개의 인물이야. 넌 주인공 역할을 하는 배우에 불과해. 그렇기 때문에 난 너희들이 역이 끝나면 무대 뒤로 들어가는 대신 무대 한켠에 앉도록 한거야. 너희들은 거기에 앉아서 하품을 한 다거나 사소한 잡담을 할 수도 있어. 그렇게 해서 너희가 배우에 불과하다는 걸 관중들에게 인식시켜야 해."

그녀와 마찬가지로 다른 단원들도 생소한 연극 때문에 어리 둥절했다. 반장은 되풀이 설명했다.

"브레히트의 서사극은 관중과 극을 일치시켜 감정을 카타르 시스시키는 종래의 연극에서 벗어나, 관중과 극을 서로 소외시 키는 데 역점을 두어야 해. 그러기 위해선 그들에게 이것은 현 실이 아니라 연극이라는 걸 보여야 돼. 거리를 두라고, 거리! 그 래야 관중들이 감정이 아닌 이성으로 연극을 보면서 현실을 직 시하게 된다고."

연극은 끝내 무산되었다. 단원들이 브레히트를 이해 못해서 가 아니라, 유신치하의 서슬 퍼런 정부가 학생들에게 현실을 직시하는 힘을 주는 연극이 상연되는 걸 원치 않았기 때문이 다. 반장과 단원 서넛이 중앙정보부로 끌려가 온갖 고초를 당 했다. 그들은 반공이데올로기의 땅에서 공산주의자인 작가의 작품은 영원히 공연될 수 없다고 선언했다.

　오랜 세월이 흐른 후, 먼 이국땅의 크리스마스이브에 낯선 소년과 초라한 식당에 앉아 브레히트를 뒤적이면서 그녀는 반장의 말을 떠올렸고, 그의 말을 이해했다. 세상이 그녀에겐 브레히트극처럼 보였다. 신앙이 죽었고, 신화가 깨졌고, 정의, 사랑, 휴머니티 같은 고매한 단어들은 부동의 진리가 아니라 가진 자들을 위해 편리하게 쓰이는 도구라는 것도 파악했다.

　그녀는 눈앞의 소년을 바라보았다. 영혼의 빛으로 반짝이는 소년의 눈동자 속에서 우매한 맹목성을 꿰뚫어본 그녀에게 소년은 플라스틱 인형이 되었다. 그녀는 소년에게 부질없는 꿈을 심어 준 할아버지에게 순간 분노가 일었다.

　소년의 눈빛이 그녀의 대답을 재촉했다. 그녀는 책장을 넘기며 어떻게 얘기를 해줘야 할까 고심했다. 책갈피 중간중간에 빨간 줄이 그어진 문장들이 눈에 띄었다. 그녀는 그 문장들을 읽어보았다.

　"현대 유명 극작가 중에서 브레히트가 유일한 낙관주의자이다. 그만이 진보적인 역사관을 갖고 있었고, 사람의 힘으로 사회를 개조할 수 있다고 믿었다."

　"현실을 직시하는 힘을 키우는 건 그 힘을 갖고 역사를 진보적인 방향으로 돌리기 위해 필요한 것이다."

　문장들을 살펴보면서 그녀는 소년에게 해줄 말을 급조해냈다. 세상에는 우리가 사는 사회를 인간적인 사회로 바꾸기 위해 노력하는 사람들이 많이 있으며, 브레히트 같은 작가를 위시한 예술가들, 철학자들, 정치인들, 그리고 많은 지식인들과 양심적인 사람들이 서로 연합된 힘을 갖기 위해 지금도 노력하고 있으며, 아마 그 할아버지도 그런 사람들 중의 한 명일지 모르며, 저자는 그 운동이 반드시 좋은 사회를 만들 것이라는 걸 확신하고 있다고 말해줬다.

소년은 아쉽지만 그런대로 흡족하다는 듯한 미소를 지었다. 그녀는 소년의 얼굴을 보면서 취직을 위해 드나들 때마다 그녀 앞에 문을 닫아버리곤 했던 수많은 빌딩의 문들, 컴퓨터화된 말쑥한 도서실, 선 벨트를 따라 무시무시한 속도로 침입해 들어오는 쇼핑몰과 신주택 단지 같은 것들을 떠올렸다. 세상이 바뀔 수는 없었다.

소년은 기분좋은 듯 종알대기 시작했다.

"난 이제 한국 사람을 둘이나 알게 됐어요. 할아버지하고, 아줌마하고요. 하지만 두 사람은 비슷하면서도 아주 달라요."

"다르다니?"

"그건 설명하기 힘들어요. 뭐랄까, 그 할아버지에게는 꿈이 있어 보이는데 아줌마에게는 그런 게 안 보여요."

"꿈?"

그녀는 깜짝 놀랐다. 번쩍이는 도심 속 호화로운 아파트에서 모피 코트로 치장한 여인네와 캐시미어 정장의 남자들이 부딪는 샴페인 잔 소리가 경쾌한 음향으로 곳곳에서 반향되고, 그

옆방에선 크리스마스트리 밑에 놓인 선물 꾸러미 속에 무엇이 들어있을까 상상하는 아이들이 잠 못 이루어 할 때, 초라하고 오갈 데 없는 소년은 꿈 이야기를 하고 있었다.

소설가가 되고 싶었던 적이 있었다. 한때는 좋은 아내, 좋은 엄마가 되고 싶기도 했고, 예쁜 집을 갖고 싶기도 했다. 그러나 이젠 입에 풀칠할 수 있는 직장을 얻는 것 외엔 아무것에도 관심을 가질 수 없다.

그녀는 꿈이란 여학교 시절 오버코트를 입고 걷던 을씨년스런 거리, 호롱불빛 아래 즐비하게 걸려 있는 촌스러운 카드 속에나 존재하는 건 아닐까 하고 생각해 보았다. 그 카드 속에서는 눈이 풍성하게 내린 마을 공터에서 울긋불긋한 한복을 입은 조무래기들이 썰매를 지치거나, 제기를 차거나, 연을 날리고 있었고, 기와 담장 안 안방에선 아랫목에 앉은 할아버지 할머니에게 때때옷을 입은 꼬마들이 세배를 하고 있었다.

"그 할아버지와 나 그리고 아줌마처럼 살기 좋은 나라를 만들고 싶어하는 사람들이 많으면 반드시 세상은 좋아질 거예요."

소년이 소중한 것이기나 하듯 조심스럽게 책을 코트 주머니에 집어넣는 모습을 그녀는 경이스런 눈으로 바라보았다.

시간이 꽤 됐는지 가게 주인이 폐점 사인을 내걸고 유일하게 남아 있는 그들 쪽으로 시선을 주었다. 그녀는 주춤거리며 일어섰다. 소년도 따라 일어섰다.

갈등이 그녀를 사로잡았다. 밖으로 나오자 행인들의 발걸음이 뜸해진 거리에 매서운 바람이 스치고 지나갔다. 어디선가 크리스마스 캐럴이 경쾌하게 울려 왔다. 그들은 침묵한 채 잠시 묵묵히 서 있었다.

침묵을 못 견딘 소년이 먼저 "크리스마스를 좋아하세요? 난 크리스마스에는 크리스마스 귀신이 있어서 해마다 찾아오는 것 같아요. 그 녀석은 쓸데없이 많은 일들을 생각나게 만들어서 기분이 나빠요"라고 말했다.

소년의 눈빛이 그로서리 마켓에서 그녀를 뒤쫓던 줄리의 것과 비슷하다는 생각을 그녀는 애써 물리쳤다. 그녀가 아무 말도 없이 서 있자 머쓱해진 소년이 애써 명랑함을 가장한 목소리로 "메리 크리스마스!"라고 한 다음 쓸쓸한 거리로 사라져 갔다.

소년이 보이지 않을 때쯤에야 그녀는 안도의 숨을 쉬고 발길을 돌렸다.

"정들면 정말 귀찮거든 정말……."

그녀는 핸드백에서 수첩을 꺼내 주소를 확인한 후 빌딩 안으로 들어섰다. 여자 화장실에 들어가서 립스틱을 꺼내 정성스럽게 고쳐 바르고 옷맵시를 다시 살피면서 스타킹에 구멍이 없는지 유심히 살폈다. 짧게 자른 머리 때문인지 평소보다 훨씬 젊어 보이는 모습을 다시 한 번 살펴본 후 결연한 태도로 그곳을 나왔다.

그녀는 심호흡을 한 번 하고 나서 사무실 문을 열었다. 증권 브로커인 남자는 그녀에게 자리를 권하고 서류심사에 합격한 걸 축하한다고 말했다.

"영어 작문실력도 좋고, 타이핑도 잘 치시니 이곳에서 일하시기에는 별 어려움이 없으시리라고 봅니다. 일한 경력도 좋고, 다 좋은데 학력이 고졸이라 좀 걸리는군요. 우리 일이 그렇게 쉽지가 않거든요."

순간 그녀는 학력을 속인 걸 무지하게 후회했지만 이제 와서 거짓말을 했다고 할 수는 없는 일이었다. 왜 일이 이렇게 꼬이기만 하는지 모를 일이었다. 그녀 눈앞에 텅 빈 은행 잔고가 아른거렸다. 그녀는 입술을 한 번 지그시 문 후 용기를 내서 말했다.

"학력은 없지만 대신 무슨 일이든지 가리지 않고 잘 할 자신이 있습니다."

그녀가 무슨 일이든지에 악센트를 주자 남자도 "무슨 일이든지"하고 따라 말하면서 앞이 깊이 파인 옷을 입은 그녀의 가슴 근처를 눈으로 더듬었다. 그녀는 용기를 내서 덧붙였다.

"혹시 나이가 문제가 되신다면 말인데요. 동양 여자들은 나이에 비해 훨씬 젊거든요."

그녀가 텔레비전 커머셜의 여인처럼 웃자 남자도 음탕한 미소를 지었다. 그 다음부터 일이 순조롭게 풀려나갔다. 월급이 정해지고, 의료보험이 추가되고, 출근 날짜가 정해졌다.

그녀는 세상사는 일이 마음먹기에 따라 훨씬 수월할 수도 있다는 생각을 하며 빌딩을 나섰다. 아파트 근처에 당도하자 그날따라 유난히 주위가 불결하다는 생각이 들었다. 복도를 걷다가 주사 바늘이 뒹구는 것을 보니 속에서 욕지기가 나왔다. 아파트 안도 평소보다 더욱 지저분해 보이고, 히터를 고쳐주지 않는 주인에 대해 새삼스레 분노가 치밀었다. 하루빨리 새 아파트를 구해 이사해야 할 것 같았다.

그녀는 평소보다 나은 레스토랑을 택해 들어가서 음식과 커피를 홀짝거리며 습관대로 신문을 펼쳐들었다. 구직란부터 펴든 자신에 대해 여유 있게 웃어 보이고, 임대 아파트들을 소개하는 광고란을 펼쳤다. 그녀는 수첩에 댓 개의 아파트 전화번호를 적고 나서 다시 신문을 일면부터 읽어나갔다.

유난히 눈이 많이 내려 연말연시 스키객들을 즐겁게 한 레이크 타호 설경과 스키장에서 스키를 즐기는 사람들 사진이 일면에 크게 실려 있었다. 그 사진 속에서 행복하게 웃고 있는 사람들의 미소가 오랜만에 이해됐다. 대강 큰 글씨의 제목을 훑어보고 신문을 버리려던 그녀 눈에 일단짜리 조그만 기사가 눈에 띄었다.

그 기사는 집 없는 사람의 죽음에 대한 것이었다. 샌프란시스코 골든게이트 파크 내에서 얼어 죽은 동양 소년의 시체를 발견했다고, 죽은 지 여러 날 되는 것 같다고, 금년 크리스마스 연휴가 유난히 추웠다고 신문은 쓰고 있었다.

그리고 신문은 얼어 죽은 소년의 유일한 소지품은 몇 달러의 지폐와 동전 몇 개, 그리고 코트 주머니에 꽂혀 있는 베르톨트 브레히트의 책이었다고 덧붙였다.

　그녀의 머릿속에서 마치 고장난 것처럼 하염없이 샤워물 소리가 쏟아지고 있었다

이태리 요리를 먹는 여자

그녀는 왜 음식들마다
그 남자에 대한 추억들을 달리 갖게 되었는지 알지 못했지만,
아무튼 리소토 요리는 햇빛 찬란한 토요일 오후의 한적한 시골 식당과
햇볕에 눅진거리는 아스팔트같이 늘어지는 시간 속에서 와락 느꼈던
섬뜩한 기분을 떠올리게 했다.

"술은 저걸로 하겠어요."

그녀는 리커 진열장에 나란히 줄지어 있는 술병 중에서 유난히 길고 투명한 병을 가리켰다. 투박해 보이는 짙은 갈색의 병들과 나란히 진열돼 있는 그 병은 무척이나 가녀려 보였다. 평생 그 리커 바에서 일한 듯 바의 부속물처럼 안정감 있어 보이는 바텐더는 그녀가 가리키는 병 아래 칸에 있는 캐버네 세비뇽 병을 집어들었다.

"아니요. 그 윗줄에 있는 그라빠요."

"그라빠!"

바텐더는 의외란 듯 그녀를 바라보았다.

"네, 그라빠요."

그녀가 재차 강조하자 그는 그녀의 나이를 가늠이라도 하듯 유심히 바라보면서 허공에 거꾸로 매달린 채 반짝거리고 있는 잔을 하나 잡아빼 그녀 앞에 탁 놓았다.

"이런 술을 찾으시는 걸 보면 분명 스물하나를 넘기셨겠지요?"

"그럼요."

이미 스물둘인데도 그렇게 봐주지 않으면 어떻게 하나 걱정하던 그녀가 갑작스레 대꾸하고 나서 자신의 음성이 휘저어놓은 공기에 흠칫했다. 바텐더는 그녀를 힐끗 쳐다보면서 조심스런 동작으로 술을 따랐다. 매끄러운 호박색 액체가 술잔 속으로 미끄러져 들어갔다.

그라빠는 이태리 브랜디인데, 특이하게도 포도주를 만들고 남은 찌꺼기인 포매스란 것으로 만든 거야. 맛이 진하고 오묘한데 이 술을 아는 사람들이 별로 없어. 특히 이 부루넬로 델마레 브랜드는 기가 막히지. 맛이 어때?

그 남자가 그녀 귓가에서 속살거렸다. 그 남자는 그녀에게 새로운 술과 음식을 권할 때마다 "맛이 어때?"라고 묻곤 했다.

글쎄요. 술이 사두마차를 타고 혀에서 목으로 그리고 가슴으로 마구 달려가네요. 소음과, 먼지와, 환호와, 뭐 그런 것들이 남겨지면서 어찔어찔하게 하고 있어요.

그 남자는 그녀의 표현에 만족해하는 표정을 지었고, 그녀는 그 남자를 실망시키지 않았음에 흡족했었다.

그녀는 술잔을 집어들고 살랑살랑 흔들었다. 술잔에 부딪는 호박색 액체가 찰랑거리면서 술잔 벽에 투명한 막을 둘렀다. 그녀는 술잔에 드리워진 액체의 미세한 입자들이 바닥으로 서서히 미끄러져 내리며 영롱하게 반짝이는 모습을 지켜보았다.

그걸 바다라고 해. 액체가 퍼진 느낌이 없이 지네들끼리 뭉쳐 있는 것처럼 보이지 않아? 좋은 술일수록 바다가 많지.

그녀는 술을 한 모금 입에 머금고 향기를 즐기다가 천천히 목구멍 깊숙이 넘겼다. 경주용 마차가 혀로부터 가슴까지, 그리고 그 아래쪽까지 짜릿한 쾌감을 일으키며 질주해 나갔다. 그녀는 생을 구질구질하게 만드는 모든 근심 걱정을 몽땅 버리고 입 안에서 증발되어 버리는 듯한 그라빠처럼 산뜻해지기로 결심했다.

"좌석이 준비됐는데 지금 옮기시겠어요?"

처음에 그녀를 바로 안내했던 웨이터가 리드미컬한 걸음걸이로 그녀 앞으로 다가와서 말했다. 웨이터는 수면 아래에서의 경망스런 발질로 물 위의 우아한 자태를 유지하는 백조처럼, 바쁜 걸음걸이와 분주한 눈길로 일의 흐름을 놓치지 않으면서도 최대한 여유 있는 모습을 보이고 있었다.

그녀는 바의 긴 의자에서 훌쩍 내려서서 한 손에 브랜디 잔을 감싸 쥐고 웨이터의 뒤를 따랐다. 그녀는 웨이터가 움직일 때마다 팔과 넓적다리의 근육이 옷 속에서 꿈틀거리는 걸 바라보았다. 그의 바디 랭귀지는 그가 정신적이라기보다는 육체적인 타입이라는 걸 말해주고 있었다. 그는 매일 헬스클럽에 가서 웨이트 트레이닝을 하며 몸매를 가꾸는 유형 같았다.

웨이터는 그녀를 정갈한 테이블보가 깔린 자리로 안내해 앉기 쉽도록 의자를 뒤로 빼주었는데, 의례적인 태도임에도 불구하고 그녀는 그만 황송해지고 말았다.

"제 이름은 안토니예요. 당신을 모시게 돼서 기쁩니다."

안토니는 필요 이상으로 한쪽 눈을 찡긋했다. 닳고 닳은 느낌을 주는 경박한 그 움직임은 여자들을 대할 때마다 습관적으로 나오는 것 같았다. 그녀는 혹시 그가 자신을 깔보는 것은 아닐까, 마음이 위축됐다.

"우선 애피타이저로 버섯이 먹고 싶은데, 버섯 있지요?"

그녀는 불안한 마음을 테이블에 잡아매기라도 하듯 의자를 가까이 잡아당겨 앉은 다음 필요 이상의 고압적인 태도로 물었다. 안토니는 흥미롭다는 얼굴로 그녀를 바라보았다. 젊은 여자 혼자 와서 애피타이저로 비싼 버섯 요리를 찾는 게 흔치 않은 일이었다.

"물론 있지요."

안토니가 주방 쪽으로 사라진 후 그녀는 그라빠를 홀짝거리며 식당 안을 둘러보았다. 방금 그녀가 앉아 있던 바에 가지런히 진열된 술병들이 유일한 장식품으로 여겨질 만큼, 치장을 하지 않은 간결한 실내가 오히려 고급스러운 분위기를 연출하고 있었고, 그 안을 채운 사람들은 한결같이 여유로워 보였다.

손님들의 웅성거리는 말소리와 간간이 터져 나오는 웃음소리, 접시에 부딪는 포크 소리, 술잔 부딪는 소리, 접시 치우는 소리들이 어우러져 만들어 내는 어수선한 소음이 그녀의 마음을 조금씩 가라앉혔다.

안토니가 버섯이 가득 들어 있는 바구니를 들고 나타났다. 그녀는 바구니 안을 들여다보았다.

야생 버섯의 왕은 포르시니지. 소담스럽기도 하고, 향과 입 속에 녹아드는 육질의 느낌이 그것처럼 좋은 게 없어.

그 남자가 다시 그녀 귓가에서 속삭였다.

바구니에 들어 있는 야생 버섯 더미에서 포르시니를 본 그녀는 오랜 친구를 만난 듯 기뻤다.

버섯은 이 모자 같은 머리 부분이 단단하고, 수분이 많으면서도 진득거리지 않아야 하고, 그리고 줄기 부분이 초록색이 도는 노란색이어야 해. 그리고 들어보아서 중량감이 있어야 하지.

버섯에는 작은 벌레 구멍들이 뚫려 있었다. 얼마간의 벌레 구멍이야 피할 수 없는 거지만 구멍이 지나치게 많으면 특유의 육질이 탄력을 잃어 스펀지 같은 느낌을 준다. 그녀는 바구니 안에 들어 있는 버섯 중에서 가장 소담스럽게 생긴 것을 하나 골라 들어보았다.

이 버섯을 들어봐.

그 남자가 속삭였다.

버섯은 꽤 묵직했다. 그 남자는 버섯을 들고 있는 그녀를 쳐다보면서 짓궂은 미소를 지었다.

　내 것도 그만큼 부풀어 올랐어.

　그녀는 버섯을 내려놓고 살짝 붉어진 얼굴로 안토니를 올려보았다.

　"됐어요. 이걸로 해주세요. 흙이 좀 묻었군요. 물에 씻지 말아야 하는 건 아시죠?"

　그녀는 필요 없는 말을 한다는 걸 알면서도 입을 저지하고 싶은 생각은 없었다. 그녀의 입은 오랫동안 그런 사치를 즐기는 데 굶주려 있었다.

　"그럼요. 버섯은 물 흡수력이 강하기 때문에 우린 절대로 물로 씻지 않습니다."

　안토니는 못 들을 말을 듣기나 한 것 같은 껄끄러운 얼굴이었다.

　"그러시겠죠. 여긴 일류 레스토랑이니까. 하지만 얼마 전에 불유쾌한 경험을 한 기억이 있어서 노파심에서 말씀드리는 겁니다. 말하면 알 만한 고급 레스토랑에서 그런 실수를 했으니까요."

　"저런."

　안토니가 머리를 살레살레 흔들며 용서 못할 범죄에 대한 말을 듣기라도 한 듯 그녀의 말을 받았다. 그의 과장된 태도가 그녀를 충동질했다. 그녀는 그런 종류의 들뜸을 오랫동안 그리워했기에 거짓말을 하는 자기 자신에게도 너그러웠다.

안토니가 사라진 후 그녀는 식당 안의 사람들을 친근한 동지애를 갖고 둘러보았다. 그녀 오른쪽 자리에는 관광객인 듯한 일본 여자 두 명이 앉아 포도주를 마시고 있었다. 구운 가지에 얇게 썬 토마토와 모차렐라 치즈를 얹은 샐러드, 얇게 저민 날 소고기와 새큼새큼한 캐이퍼 열매와 함께 먹는 카르파치오가 식탁 위로 보였다. 그들은 쇼핑을 끝내고 온 듯, 니만 마커스 백화점 상호가 찍힌 쇼핑백에서 선글라스를 꺼내들고 서로 비교하면서 열심히 얘기를 나누고 있었다.

그녀 앞자리에는 검정색 연미복을 입은 남학생과 통통한 어깨를 드러낸 드레스를 입은 여학생이 고급식당의 분위기에 한층 위축된 듯한 모습으로 메뉴를 보고 있었다. 아마 고등학교 파티에 참석하는 길인 것 같았다. 그들의 모습은 그녀가 처음 그 남자를 따라 고급 식당에 갔었던 때를 떠오르게 했다.

〈생의 마지막 나날들〉이라는 영화의 안소니 홉킨스를 닮은 점잖은 웨이터 앞에서 허둥대는 바람에 의자등걸에 걸쳐놓았던 백이 바닥으로 떨어졌고, 백이 열리면서 칠이 벗겨진 립스틱과 오래 써서 전 콤팩트 분첩과 동전들이 떼구르르 굴러 나왔는데, 그때 그녀는 궁상스런 속내를 들켜버린 사람처럼 수치스러웠었다.

그녀 왼쪽 옆자리에는 쇼트커트 머리의 재기발랄한 젊은 여자와 청바지와 재킷 차림이 어울리는 젊은 남자가 마주 보고 앉아 열심히 얘기를 나누고 있었다.

그녀는 나머지 사람들을 쭉 살펴본 후 유리창 밖으로 시선을 돌렸다. 거리는 서머타임 때문에 여덟 시가 지났는데도 훤했다. 식당 맞은편으로는 노변 진열대에 차이니스 샐러리, 박초이, 초이삼 등의 야채가 쌓여 있는 중국 식품점과 쇼윈도에 소시지를 주렁주렁 매달아놓은 이태리 식품상이 보였다. 그 이태리 식품점에 가면 올리브기름에 절인 맛있는 안초비, 질 좋은 엑스트라 버진 올리브 오일 그리고 최고급의 파마잔 치즈를 살 수 있다고 그 남자가 말했었다.

난 이곳이 좋아. 샌프란시스코의 특징을 가장 잘 나타내는 지역을 꼽으라면 여기 노스비치를 꼽겠어. 바닷가에 면해 있는 이 아름다운 지역에 이태리적인 특징, 중국적인 특징, 아이리시적인 특징이 고루 갖춰져 있거든.

그 남자는 이태리 음식을 좋아했다. 자신에 대해 잘 얘기하지 않는 그이지만 성악 공부를 위해 이태리에 머물렀던 시절에 대해서는 몇 차례 얘기한 적이 있었다.

모래사장에서 쉬고 있는 갈매기 떼를 파드득 날아오르게 하면서 뛰던 바닷가, 더운 여름날에도 서늘한 냉기가 도는 두꺼운 돌로 지어진 연습실, 고된 연습 끝에 며칠간의 휴가를 내 베니스로 내달리던 여름방학, 휴양지에서 만난 매혹적인 갈색 눈의 아가씨, 그리고 성악가가 되겠다는 꿈!

그 시기는 세월과 함께 퇴색되어 가는 인생 속에서 독특한 시간대를 형성하고 있는, 마치 오로라 띠 같은 시기였다고 그 남자는 말했다. 얼굴에 표정을 드러내지 않는 그 남자지만 그때의 일을 얘기할 때는 눈에서 오로라 같은 광채가 뿜어 나오는 것 같았다.

하드보드에 빽빽한 스케줄 표가 꽂혀 있는 아파트 방, 그 스케줄은 아침 여섯 시 기상, 기상과 함께 간단한 맨손체조를 하고 밖에 나가 조깅을 한다. 아침 일곱 시 아침식사, 매일 사과 한 개를 먹는다. 'One apple a day keeps a doctor away!'라는 식으로 밤 열두 시까지 빽빽이 적혀 있었다고 했다.

그가 이태리에 대해 말할 때는 아픔과 동경과 열정과 미련 같은 것들이 끈적댔는데, 하지만 부자들의 추억담은 그것이 회한의 색채를 띤다 하더라도 고급 향수처럼 은은했다. 그녀는 그 남자가 이태리 요리를 먹는 것은 단순히 음식이 아니라 아픔과 동경과 열정과 미련 같은 것들을 같이 먹는다는 생각을 하곤 했다.

안토니가 숯불에 구운 야생 버섯 요리를 갖고 와서 그녀 곁에 지켜 서 있었다. 그의 얼굴에는 그녀가 버섯 요리를 어떻게 평하는지 무척 궁금하다는 표정이 떠올라 있었다. 손님이 요리에 대해 아는 척하면 그들은 늘 그런 태도를 보인다.

그녀는 캄보졸라 치즈로 만든 폰두타 소스를 얹고 있는 버섯을 묘한 시선으로 바라보았다. 조금 전 바구니에 담겨 왔을 때 한창 부풀어 올라 있던 버섯이 사정을 하고 난 남근처럼 축 늘어져 있었다. 그녀는 폰두타 소스를 찍어 먹어 보았다.

"훌륭해요."

그녀가 고개를 끄덕이자 안토니가 그럴 줄 알았다는 듯 흡족한 미소를 지었다.

"주문하시겠어요?"

"시저 샐러드하고, 홍합과 페스토 크림으로 만든 엔젤헤어를 주세요. 시저 샐러드는 로매인레터스를 자르지 말고 통째로 주세요. 싱싱한 로매인레터스는 통째로 아작아작 씹어야 제 맛이 나거든요. 그런데 그걸 자르면……."

그녀는 언젠가 그 남자가 썼던 단어를 기억해내느라 이맛살을 찌푸렸다.

"김이 새죠."

그녀는 깜짝 놀란 얼굴로 안토니를 바라보았다. 안토니는 그 남자가 사용했던 말을 똑같은 식으로 구사하고 있었다. 그녀는 안토니에게서 시선을 떼지 못한 채 말을 계속했다.

"사이드로 안초비를 더 얹어주시고요. 앤젤헤어는 너무 삶지 말아주세요. 국수가 풀어지면 제 맛이 안 나니까요."

"사이드로 안초비……."

안토니가 입속말로 중얼거리며 주문서를 쓰더니 "네, 훌륭한 선택이십니다"라고 말하고 사라졌다.

사과는 아작아작 씹어먹는 데 맛이 있는 거야. 껍질을 까서 얌전히 접시에 담아놓은 사과를 보면 죽은 시체가 연상돼서 김이 새거든.

이태리에서 돌아와 오랜 세월이 흐른 후, 그의 방 하드보드에 압정으로 찔러놓았던 스케줄 표에 있던 것들은 이미 중단된 후에도, 유일하게 남아 있던 습관으로 아침이면 사과를 먹는다고 그 남자가 말했었다. 그녀는 그 남자가 사과를 깨물어 먹는 모습을 떠올려보면서 사디스틱하다는 생각을 했다.

그녀는 그 남자를 그녀가 일하고 있는 한국 신문사에서 만났다. 그녀는 거기서 컴퓨터 오퍼레이터 생활을 사 년째 하고 있었다. 이민이 결정되면서 그녀는 가정형편 때문에 꿈도 못 꾼 대학을 미국에서는 갈 수 있으려니 하는 기대에 부풀었었다. 하지만 막상 미국에 왔을 때 부모님은 빨리 마켓을 하나 차려야 한다면서 그녀에게 삼 년만 취직해서 돈을 벌라고 했다.

부모님과 같이 사는 아파트는 한국 사람들이 많이 몰려 사는 빈민가에 있었고, 신문사는 황량한 창고건물만 늘어선 곳에 있어서 차도 없이 집과 직장만 오가는 그녀는 문득문득 정말 미국에 온 것일까 의아해지곤 했다.

모든 것이 새로웠던 초기에 잠시 반짝였던 눈빛도, 아파트와 신문사를 오가는 단조로운 생활을 하면서 한국에서 그랬던 것처럼 몽롱해졌다. 하루 종일 자신에겐 의미 없는 글자만 쳐대다가 눈이 피로해 창밖을 내다보면 황량한 창고건물들이 머리에 이고 있는 대형 광고판만 눈에 들어왔다.

제멋대로 살기에는 너무 착했고, 분란이 일어나는 걸 원치 않는 조용한 성격인데다가, 꿈꾸듯 몽롱한 눈빛을 제외하곤 특징이 없는 외모의 그녀지만, 가슴속에는 모든 걸 삼킬 것 같은 아찔한 소용돌이가 일고 있다는 걸 상상할 수 있는 사람은 하나도 없었다.

그녀가 신문사에 입사한 지 얼마 되지 않아, 사람들은 말없고 특징 없는 그녀를 식자를 하는 컴퓨터에 붙어 있는 부속물처럼 여겼다. 사람들은 다른 부서에 비해 후미지고 조용한 오퍼레이터실로 와서 마치 그녀가 존재치 않는 것처럼 커피를 마시며 떠들기도 하고, 담배 피우는 것을 들키고 싶지 않은 여직원들은 몰래 담배를 숨겨 갖고 들어와 굶주린 듯 한 대 피우고 나가기도 했다.

그녀는 차가 없어서 일이 끝나면 버스나 지하철을 타고 다녔다. 처음엔 가끔씩 집까지 태워주겠다고 하는 직원들이 있었으나, 곧 그런 관심도 없어지고 말았다.

글자를 쳐대다가 피로한 눈을 창 밖으로 돌리면 '파라다이스 하와이, 하와이안 에어라인'이라고 쓰인 간판과 '훌리오 이글레시아스를 만나세요. 라스베이거스 미라지 호텔'이라고 쓰인 간판 사이에 있는 현대자동차 광고가 눈에 들어왔다. 그녀는 '현대이가 해결합니다'란 문구 아래 있는, 바람을 날리며 달리는 듯한 날씬한 자동차 사진을 보면 반가운 기분과 함께 그런 차를 갖고 싶다는 생각을 하곤 했다.

신문사에는 교포사회 인사들이 늘 들락거렸다. 신문사 사람들은 그들이 왔다 갈 때마다 심심풀이 땅콩처럼 그들에 대한 말들을 씹어댔다. 그들이 가장 관심을 갖고 있는 사람은 계란 노른자색 벤츠 컨버터블을 타고 오는 멋쟁이 중년 신사인 그 남자였다.

사람들은 그의 집 천장이 얼마나 높은지, 수많은 방의 창을 장식한 비단 커튼을 하는 데 얼마의 돈이 들었는지, 금박이 섞인 타일을 깐 정원의 수영장이 얼마나 멋이 있는지, 그의 차고를 가득 채운 차들이 어떤 종류인지에 대해 말들을 했다.

또한 그의 부인에 대한 말들도 많이 했는데, 남자들은 그녀의 아름다움에 대해 얘기했고, 여자들은 그녀를 대하는 그 남자의 지극한 사랑에 대해 더 많이 얘기했다. 그녀들 말에 의하면 그 남자는 뉴욕에 있는 오페라 하우스 홍보 관계 일을 하고 있는 부인을 위해 근처에 아파트를 사주고, 언제라도 자유롭게 일을 할 수 있도록 배려를 하면서도, 그 남자 자신은 부인한테 부끄러울 짓은 하지 않는다고 했다.

그리고 그녀들은 그 남자를 따라다니는 여자들에 대해서도 얘기했다. 일주일에 한 번씩 신문사에 칼럼을 들고 와서 편집부장과 노닥거리다가, 오퍼레이터실로 와서 그녀가 원고를 치는 동안 담배를 피우곤 하는, 곧은 다리를 가진 매력적인 화가도 그 남자를 따라다니는 여자 중의 하나라고 했다.

또한 사람들은 그 남자가 어떻게 돈을 벌었는지에 대해 말들을 했다. 이태리로 음악공부를 하러 온 지금의 부인과 사랑에 빠져 결혼을 했는데 장인이 어마어마한 부자라는 말도 했고,

그 남자 집안이 원래 부자였다는 말도 했다.

편집부의 기자 한 명은 틀림없는 진실이라고 맹세하면서, 그 남자가 지금은 부인이 된 여자를 너무 사랑한 나머지 여자를 차지하기 위해 성악을 포기하고 모종의 사업에 손을 댔는데, 그 사업이라는 게 이태리 마피아와 맥이 닿은 것이라고 했다. 편집부 기자는 건물 위에 간판을 설치하는 것은 큰 이권사업으로 마피아가 잡고 있는데, 앞 건물에 설치한 현다이 간판도 그 남자의 입김이 작용한 것이라고 했다. 사람들이 그 남자에 대한 얘기를 할 때마다 그녀는 구석에서 눈을 빛내며 듣곤 했다.

일을 끝내고 석양이 깃든 거리를 이방인들에 섞여 걸을 땐 고독했으나 그 속에는 불분명한 어떤 전조가 감미로운 색채를 띤 채 도사리고 있었다. 그녀는 수많은 골목길과 그 길로 사라져가는 걸음들을 생각해보았다. 그리고 그중 하나의 걸음 속으로 따라 들어가는 자신의 모습을 황홀한 기분으로 상상해보곤 했다.

집으로 돌아와 한국 식품점에서 일을 하는 엄마와 선박 청소를 따라다니는 아버지를 위해 옹색한 부엌으로 들어가 전기밥솥에 밥을 올려놓으면서도 그녀의 눈은 다른 세계를 더듬고 있었다.

식품점 뒤란에서 동년배 아줌마들과 김치, 나물, 잡채, 김밥 등을 만들다 들어온 어머니가 팔고 남은 재고품으로 얻어온 잡채나 김밥 등을 풀어놓고, 칠팔 층 높이의 커다란 배의 홈통을 기어 다니며 그을음을 청소하느라 얼굴과 머리에 까만 검댕을 묻히고 들어오신 아버지와 입소리도 크게 음식을 먹고 떠드는 모습을 보면서도, 그녀의 마음은 다른 곳에 가 있었다.

밤에 불을 끄고 누우면 환상은 불온한 정열과 맹목적인 희망과 뻔뻔한 욕망과 한 덩어리가 되어 마음대로 나래를 폈다. 그녀는 졸음이 몰려와 눈이 감길 때까지, 자신이 속할 곳을 찾아 낯선 골목길 속으로 걸어가는 자신을 보고 있었다.

3년이 흘렀지만, 엄마가 든 계가 깨지는 바람에 마켓을 한다는 계획은 무산됐다. 엄마는 한국 식품점에서의 일을, 아버지는 배 청소 일을, 그리고 그녀는 신문사 오퍼레이터 일을 계속해야 했다. 그녀는 대학을 포기했고, 더 이상 출퇴근 시간에 카세트로 영어공부를 하지 않았다. 그녀의 몽롱한 눈빛 속에 가끔씩 권태와 공포의 빛이 떠올랐다.

그녀는 그 남자를 퇴근길에 만났다. 혼자서 걸어가는데 계란노른자색 벤츠 컨버터블이 그녀 곁으로 미끄러지듯 다가와 섰다.

그녀는 예의 그 몽롱한 눈으로 석양을 배경으로 서 있는 그 남자를 바라보았다. 석양녘의 그 시간은 현실에서 떠나 환상 속으로의 여행을 시작하는, 하루 중 가장 깊은 변화를 일으키는 시간이었다.

차가 없나?

몇 번 신문사를 방문한 그 남자가 낯이 익은지 스스럼없이

물었다. 순간 그녀는 오랫동안 마음속에 키우고 있어 팽팽해질
대로 팽팽해진 어떤 전조가 계란노른자색 벤츠 컨버터블을 타
고 무섭게 달려온 것 같은 예감에 몸을 떨었다.

버스 타고 다녀요.

저런!

그 남자는 그녀를 스쳐 지나가기 안쓰러웠는지 잠시 망설이
다가 타라고 했다.

괜찮아요.

그녀는 그렇게 말하면서 지붕을 벗긴 차 안에서 한 팔을 핸들
에 얹고 그녀를 바라보고 있는 그 남자를 홀린 듯 바라보았다.

어른 말을 듣는 게 좋아.

그녀는 차에 올라탔고 그 남자가 석양 속의 거리로 차를 몰
기 시작했을 때 외마디 소리를 지르며 두 손으로 의자를 꼭 붙
잡았다.

왜 그러지?

코르크 병마개처럼 머리가 뻥 뚫려나간 것 같아서요.

그녀의 대답에 그 남자가 웃었다.

집이 어디지?

다리 건너요.

그 남자가 다리를 향해 달리다가 문득 물었다.

이태리 음식 좋아해? 어때, 나하고 저녁이나 먹을까? 금요일
저녁에 맛있는 음식을 먹는 건 좋은 일이지. 더구나 혼자가 아

니라 둘이라면 그 즐거움이 여덟 배는 되지.

그 남자는 그녀의 의사를 물어보지도 않고 다리 쪽과 다른 방향으로 차를 몰았다. 그녀는 깜짝 놀란 얼굴로 그 남자를 쳐다보았다. 그녀는 그 남자가 집까지 데려다 주는 것 이상은 상상할 수 없었다.

그녀는 그라빠로 혀를 적셔 입 안을 가신 후 히끼무리한 폰두타 소스를 얹고 있는 버섯을 입 안에 넣었다. 카멤벗과 고르곤촐라 치즈에 푸른 잎맥을 섞어 잘 숙성시킨 캄보졸라 치즈, 거품 낸 크림, 마늘을 섞어 만든 폰두타 소스와 버섯이 어우러져 나는 맛이 절묘했다. 그녀는 입 안에 고인 침과 함께 버섯 요리를 씹어 삼켰다.

갑자기 뱃속에서 울컥 치미는 것이 있어 그녀는 입을 틀어막고 급히 화장실로 가서 몇 차례 구역질을 했다. 이내 속이 진정됐다. 그녀는 손을 씻으면서 거울을 들여다보았다. 화장실의 밝은 불빛이 화장으로 가려놓은 양미간의 기미를 들춰내고 있었다. 그녀는 가방에서 콤팩트를 꺼내 양미간을 눌러준 후 자리로 돌아와 나머지 버섯 요리를 먹기 시작했다.

버섯 요리를 다 먹었을 즈음 안토니가 시저 샐러드를 날라왔다. 상처 하나 없이 매끈한 로매인레터스가 볼륨감 있는 알몸을 접시 위에 눕히고 불빛을 받아 반짝이고 있었다. 접시 가장자리에는 살집이 단단하고 붉은색이 감도는 안초비가 놓여 있었다.

"바로 이거예요. 로매인레터스를 마구 버무린다거나, 그렇다고 상처를 입힐까봐 소스를 살짝 뿌리는 것은 재미없는 짓이에요. 이건 정말……"

"기가 막힌 터치지요."

그녀는 놀란 얼굴로 안토니를 바라보았다. 안토니가 예의 그 닳고 닳은 느낌을 주는 미소를 지었는데, 묘하게도 그 미소가 그녀의 시선을 잡아끌었다.

여자를 안을 때 이런 식으로 가볍게 온몸을 버무려야 해. 이런 기가 막힌 터치라면 단단한 처녀막을 가진 여자도 흥분시킬 수 있어.

그러면서 그 남자가 장난기가 그득한 얼굴로 빙긋 웃었다.

"안초비를 좋아하세요?"

안토니가 테이블을 떠나기가 싫은지 머무적거렸다. 그녀는 달아오른 얼굴을 내리깔면서 고개를 끄덕였다. 그러고 나서 그런 행동이 마음에 걸린 듯 돌연 당당한 눈빛으로 그를 바라보았다.

"안초비를 좋아하세요?"

"무척."

그가 의미심장하게 미소지었다.

"일본인인가요?"

안토니가 다시 물었다.

"한국인이에요."

"아! 한국인도 안초비를 먹나요?"

"우리는 이걸로 김치를 담가요."

"김치! 훌륭한 음식이지요."

안토니가 고개를 끄덕였다. 그는 비어 있는 술잔을 보고 한 잔 더 할 건지 물었고, 그녀는 그라빠를 한 잔 더 주문했다. 안토니가 간 후 그녀는 포크로 레터스를 한 개 찍어 와작 깨물어 먹었다. 비릿한 안초비와 찝찔한 파마잔 치즈와 아직 새파란 어린 올리브에서 짜낸 엑스트라 버진 올리브 오일 등이 로매인 레터스와 어우러진 맛이 삼빡했다.

많은 사람들이 시저스 샐러드는 시저 황제와 관련이 있다고 생각하는데 그게 아냐. 이 샐러드는 멕시코에 있는 한 이태리 식당에서 처음 선보인 거야. 이게 대중화돼서 이태리의 대표적인 샐러드가 됐지만 말야. 맛이 어때?

그가 그녀에게 물었다.

고소하고, 비릿하고, 큼큼해요.

그녀가 이맛살을 찌푸렸다.

아직 이 맛을 알기엔 어리군.

그 남자가 웃었다. 한참 후 그녀가 시저 샐러드 맛을 알게 됐을 때 그가 비밀스런 미소를 지으며 말했다.

내가 하나 가르쳐줄까? 이태리 식당에 가면 상대방 남자가 시저 샐러드를 즐기나 안 즐기나를 살펴봐. 만일 그 남자가 시저 샐러드를 즐기면 그로부터 완전한 애무를 받게 될 거야.

그날 석양녘 퇴근길에서 그 남자를 우연히 만난 뒤, 그녀는 푼푼이 모은 돈으로 메이시 백화점에 가서 샤넬 립스틱과 하얀 분첩이 든 크리스찬 디올 콤팩트, 귀퉁이에 꽃무늬가 있는 아사 손수건을 사서 핸드백에 넣었다.

그렇다고 그녀가 그 남자와의 또 다른 만남을 기대한 것은 아니었다. 그녀는 마술의 힘으로 왕궁에 갔다 온 신데렐라처럼 유리구두에 미련을 갖지 않았다. 그녀는 꿈같은 몇 시간을 보낸 것으로 충분했다. 그리고 그것을 인생에서 얻을 수 있는 얼마 되지 않는 우연한 즐거움의 하나로 여겼으며, 그 즐거움의 연장선상에서 꿈을 꿀 수 있는 것만으로도 행복했다. 백화점에서 립스틱과 콤팩트와 아사 손수건을 산 것도 그 연장선상에서 생긴 욕망에 불과했다.

그녀는 일에 지쳐 끊이지 않고 싸움질을 해대는 부모와, 마치 글자를 찍어내는 기계처럼 그녀를 대하는 권위적인 신문사 사람들 속에 섞여 있으면서 그 남자 생각만 하면 행복했다.

안토니가 갖다 준 두 잔째의 그라빠를 비우자 취기가 밀려들기 시작했다. 식당 안 사람들의 모습과 말소리가 갑자기 밀물처럼 확 밀려들었다가 어느 순간 썰물처럼 멀어져 가곤 했다.

"난 〈성과 폭력〉 프로에 다이애나를 모델로 내세우고 싶어요."

옆 테이블의 쇼트커트 여자의 음성이 갑자기 크게 들렸다.

"그녀를 세계의 신데렐라가 아니라 우리 세대의 최고로 비싼 창녀로 다루는 거예요."

그녀 앞 테이블에서는 이제 훨씬 여유 있어진 고등학생들이 머리를 맞대고 흰색과 밤색 초콜릿으로 피아노 건반을 만든 케이크를 디저트로 먹고 있었다.

옆 테이블의 쇼트커트 여자의 음성이 다시 커졌다.

"간음이란, 포니케이션이란 말은 아치, 길을 뜻하는 라틴어 포닉스에서 유래했어요. 섹스와 폭력은 에너지의 양면성이지요. 로마의 검투장에서 검투 시합이 벌어질 때 피를 보고 흥분한 군중들을 위해 창녀들이 있었어요. 그녀들은 콜로세움 경기장 아치 밑에서 피를 보고 흥분한 남자들을 기다리고 있었어요. 나는 이 프로의 시작을 로마의 검투장 장면부터 시작했으면 해요. 그리고 점차 창녀들과 다이애나를 결부시키는 거예요."

"그건 억지예요. 지나친 비약……."

한 무리의 이태리인들이 와자지껄하게 식당 안으로 몰려오면서 나머지 소음을 묻어버리고 말았다. 노인과 중년부부들과 어린아이들과 갓난아이까지 있는 대가족으로 구성된 그들은 자리를 안배하느라 그 식당에서 가장 큰 목소리를 냈고, 자리 안배가 끝난 후에는 의자에 앉느라 요란한 소리를 냈다.

빙글빙글 도는 의식 속으로 어린애들이 떠드는 소리, 호탕한 웃음소리, 의자 삐걱이는 소리, 갓난아기가 우는 소리들이 들려오더니 어느 순간 귀가 멍멍해졌다.

그 남자와 저녁을 먹은 지 한 달쯤 된 퇴근시간에 그는 그녀에게 전화를 걸었다. 지금 우연히 신문사 앞을 지나는 길인데 저녁이나 먹자고 하면서 신문사 사람들 눈을 피해 나오라고 했다. 그녀는 무척 당황한 모습으로 그에게 다가갔다.

"저기요."

그녀는 울상을 지으며 그에게 애원했다.

"배 안 고파요."

그 남자는 그녀의 애원을 귀엽다는 듯한 미소로 무시했다. 그리고는 거침없는 손길로 들어올려 옆자리에 태우고는 쏜살같이 달렸다.

"아내가 뉴욕으로 갔어. 마침 저녁 약속이 비어 있더군. 혼자서 집에서 밥을 먹고 싶지가 않았어."

신문사 사람들의 눈에 뜨이지 않을 만큼 벗어났을 때 그가 속도를 늦추면서 그녀를 돌아보았다.

두 번째 만남은 현실과 꿈의 경계를 흔들어놓고 말았다. 그건 그녀 마음속의 맹목적인 소용돌이의 거센 힘 때문이었다. 그녀가 현실의 한 귀퉁이에 위태롭게 잡아맨 끈을 놓아버렸을 때 맹목적인 소용돌이가 그녀를 휩쓸어버리고 말았다.

그 남자는 그 후로도 그의 부인이 뉴욕에 가 있을 때, 그리고 식사 약속이 돼 있지 않을 때 그녀를 불러냈다. 비즈니스 미팅은 밥맛을 빼앗기 때문에 싫고, 여자들하고는 소문을 낳기 때문에 싫어서 그녀와 밥을 먹는 것이 제일 편하다고 했다.

그 남자는 그녀를 오페라에 데려간 적도 없고, 공원이나 바닷가를 드라이브 시켜준 적도 없고, 만나면 식당에 가서 저녁을 먹은 후 다리 건너의 집까지 얌전히 데려다주었다. 밥을 먹으면서도 그 남자는 음식 얘기와 짓궂은 성적인 농담 외에는 말을 거의 하지 않았다. 대부분 혼자 생각에 잠겨 있을 때가 많았는데, 어떨 땐 앞에 아무도 없는 듯 혼자 골똘히 생각에 잠겨 있다가 갑자기 그녀의 존재를 알아보고 깜짝 놀라기까지 했다.

여러 달이 지났지만 그들의 관계는 변화가 없었다. 하지만 그녀는 많이 달라져 있었다. 그 남자는 알아채지 못했지만 그녀는 뒤로 묶었던 긴 머리를 목 기장으로 잘라냈으며, 얼굴에 살짝 파운데이션을 바르기 시작했다. 그리고 직장 동료들과 말하면서 차는 벤츠가 역시 제일 좋다고 하기도 하고, 음식은 뭐니 뭐니 해도 이태리 요리가 그만이라고 하기도 했다. 그 남자 때문에 그녀와 아득히 먼 세상 일이 의미를 갖고 다가온 것 같았고, 그 자신도 세상의 주역으로 떠오른 것 같았다.

잠시 멍멍했던 귀가 갑자기 뚫리면서 식당 안의 소음이 밀려들었다. 이태리인들이 자리를 잡고 나서 잠시 조용해졌던 식당의 분위기가 다시 소란해졌다.

그녀는 취기를 쫓기라도 하듯 몇 차례 고개를 흔들었다. 안개처럼 피어오르는 소음 속에서 사람들의 얼굴이 빙빙 돌고 있었는데, 그들은 싸울 듯이 덤비는 것 같기도 했고, 즐거움을 참을 수 없다는 듯 웃음을 합창해대는 것 같기도 했다.

그녀는 갑자기 사람들이 그녀를 빼놓고 자기들끼리만 아는 흥겨움 속으로 달려가고 있는 듯한 느낌에 사로잡혔다. 그녀는 머리가 저려오는 것 같은 외로움에 사로잡힌 채 안토니를 바라보았다. 그는 손님이 늘어난 탓인지 종종걸음질치고 있었다.

안토니가 조개와 새우 그리고 아보리오 쌀로 만든 리소토에 노란 사프란 꽃가루를 뿌린 요리와, 말린 체리와 그라빠로 맛을 낸 로스트 덕을 들고 와 일본 여자들 테이블에 올려놓았다.

쇼트커트 머리 여자의 음성이 갑자기 높아졌다.

"사드가 평생 집착한 주제는 모든 형태의 권력이에요. 그는 작품을 통해 남성과 여성, 성인과 어린이, 똑똑한 사람과 어리석은 사람들 사이에 존재하는 불평등 관계를 묘사했어요. 섹스는 순수하고 단순한 생리적 문제가 아니라 사회적 힘과 압력이 성욕에 대한 우리의 관념에 영향을 미친……."

선글라스를 쇼핑백에 집어넣던 일본 여자가 돌아서려는 안토니를 불러 세웠다. 그녀의 태도로 보아 주문한 요리가 잘못 나왔다고 항의하는 것 같았다. 음식을 도로 들고 가는 안토니를 쇼트커트 머리 여자가 불러 세우고 얼음물을 달라고 했다. 그녀는 상대방 남자와의 대화가 잘 되지 않는 듯 잔뜩 화가 나 있는 것 같았다.

메뉴 보기를 끝낸 이태리인 할아버지가 메뉴를 테이블에 탁 소리가 나게 올려놓은 후 곁을 스쳐 가는 안토니를 잡고 물었다.

"오징어가 어때? 칼라마리를 먹고 싶은데? 신선하다고 장담할 수 있어?"

이건 참 훌륭한 요리야. 쌉싸름한 사프란 꽃가루와 느물거리는 해산물과 담백한 아보리오 쌀이 잘 배합된.

갑자기 어떤 이유인지는 몰라도 리소토 요리가 그녀에게 수많은 의혹의 순간들을 떠올리게 했다. 그녀는 왜 음식들마다 그 남자에 대한 추억들을 달리 갖게 되었는지 알지 못했지만, 아무튼 리소토 요리는 햇빛 찬란한 토요일 오후의 한적한 시골 식당과 햇볕에 눅진거리는 아스팔트같이 늘어지는 시간 속에서 와락 느꼈던 섬뜩한 기분을 떠올리게 했다.

솔직히 말하면 그 남자와 만나면서 행복했던 것 이상으로 그녀는 그 행복의 성질에 대한 어렴풋한 의혹으로 고통을 당했었다.

가령 둘이 있을 때 고기를 썰어준달지, 음식을 주문할 때 보여주는 신중하고 세심한 배려가 그녀에게 기쁨을 준다면, 그가 더 자주 보여주는 목적 없는 시선이랄지, 입 속에 베어 문 하품, 그리고 그녀가 대답했던 하찮은 질문의 되풀이 같은 것 등은 한순간에 행복을 앗아가곤 했다.

그 토요일, 그녀는 다른 때와 달리 그 남자를 만나 도심에서 조금 떨어진 교외의 한적한 식당까지 차로 달려가서 그 남자가 세심히 골라준 리소토 요리를 맛있게 먹었었다. 환한 대낮의 드라이브와 꽃이 만발한 전원 식당에서의 식사는 그녀에게 주체 못할 즐거움을 주었다.

마지막 한 방울의 포도주마저 마시고 나서도 다른 때처럼 시시각각으로 짙어지는 어둠 속을 서둘러 돌아갈 필요가 없다는 걸 깨달은 그녀는 행복했었다. 하지만 무료해 보이는 그 남자의 얼굴을 보고, 그녀가 무엇을 해도 그 남자의 무료함을 덜어 줄 수 없다는 생각에 날개 꺾인 새처럼 절망했었다. 그때부터 둘 사이에는 점점 깊어지는 심연과도 같은 낯선 시간들이 흘러 갔으며, 집에 돌아온 후에도 그때 경험한 낯설음은 그녀를 떨게 했었다.

안토니가 쇼트커트 머리의 테이블에 훈제연어 라비올리와 지중해식 치킨 샐러드를 날라 왔다.

"얼음물을 달라고 했잖아요. 얼음물."

쇼트커트 머리는 잔뜩 성이 나 있는 목소리로 안토니에게 화를 냈다. 안토니는 얼음 물통을 들고 가는 웨이터 헬퍼를 불러 쇼트커트 머리에게 물을 갖다 주라고 지시한 후 돌아서다가 그녀와 눈이 마주쳤다. 그는 다가와서 다 비운 시저 샐러드 접시를 집어들었다.

"주말엔 늘 이렇게 정신이 없어요. 특히 오늘은 유명한 사람들이 많이 왔네요. 저 이태리인 할아버지는 오징어 배를 갖고 있는 백만장자예요. 옛날엔 사람들이 오징어를 잡으면 그냥 버렸는데, 요즘은 동양과 지중해식 요리가 선을 뵈면서 이곳에도 오징어 수요가 갑자기 늘어났거든요. 그래서 떼돈을 벌었지요. 옆 테이블의 여자는 이 지역에서 제일 잘 나가는 TV 앵커예요."

안토니는 옆 테이블을 슬쩍 살펴본 후 새끼손가락을 들어 보이며 속삭이듯 말했다.

"이곳 단골인데 방송국 사장의 정부가 틀림없어요. 그래서 저렇게 세도가 등등한 거예요."

안토니의 친절은 그녀를 감동시켰다. 어쩌면 안토니는 그 식당에서 유일한 자기편의 사람을 알아본 건지도 몰랐다. 그녀는 쇼트커트 머리 여자에게로 선망의 눈길을 던졌다. 깔끔한 태도로 샐러드를 먹으면서 자신만만한 모습으로 말을 하고 있는 여자는 그녀가 보기에도 정말 멋졌다. 그녀는 무엇인가 열심히 얘기하고 있는 매력적인 여자에게서 눈을 떼기 힘들었다. 갑자기 여자의 말을 듣고 있던 청바지 남자가 언성을 높였다.

"이봐요. 섹스는 섹스예요. 섹스는 선악을 초월하고, 사랑을 초월하는 제 정신이 아닌 무엇이에요. 그것은 의식의 한계를 벗어나는 것이에요. 사람의 몸을 짜릿하게 하고, 오싹하게 하고, 짐승처럼 울부짖게 만드는 것이 어디서 온다고 생각하지요? 당신은 과연 그 논리에 맞춰 사드를 읽나요? 그리고 남자와 섹스를 하면서도 머릿속으로는 그런 것들을 생각합니까?"

순간적으로 조용해진 식당 안에서 그의 말소리가 도드라졌기에 몇 사람이 그들을 돌아보았다. 쇼트커트 머리 여자의 얼굴이 분노로 일그러졌다. 그녀는 자신이 도달할 수 없는 높은 곳에 있는 그 여자에게 분노할 거리가 있다는 게 이해가 되지 않았다.

그 남자로부터 오랫동안 소식이 없었다.

그녀는 갖가지 가능성을 생각하느라 복잡한 심정으로 글자를 쳐댔고, 편집부에서 오자가 났다고 화난 얼굴로 그녀 방으로 쫓아오는 횟수가 부쩍 늘었다. 일주일에 한 번씩 칼럼을 써 들고 오는 그림 그리는 여자가 원고를 들고 그녀에게 왔다. 그녀는 지난번에 나간 칼럼에서 사냥이 사랑으로 잘못 나갔다면서 혹시 사랑에 빠져 있는 게 아니냐며 은근한 미소를 지었다. 그녀는 잘못을 세련된 방법으로 나무랄 줄 아는 매력적인 화가 앞에서 주눅이 들었다.

신문사 사람들은 여전히 그녀의 방으로 들어와 커피를 마시거나 담배를 피우면서 수다를 떨었다. 어느 날 그들은 매우 흥분한 태도로 그 남자에 대한 말을 했는데, 오래 전부터 그 남자의 아름다운 부인에게는 뉴욕에 젊은 남자가 있었으며, 그게 발각나자 부인이 오히려 그 남자에게 이혼을 요구했고, 결국 도장을 찍었다는 것이다.

그 남자의 아름다운 부인은 갑자기 악녀로 바뀌었고 사람들은 그녀가 얼마나 못된 여자인가를 증거해 보이려고 애들을 썼다.

뉴욕에 일을 하러 다닌다면서 연애질을 한 거야. 그 여자 실은 색정광이라더군. 살빛이 그렇게 뽀얗게 윤이 나는 여자들이 그렇다더군. 아무리 남편이 잘해도 이제 오십 줄에 들어섰는데 젊은 놈만 하겠어? 남편이 용서해준다고 했는데도 막무가내래. 다 끝나고 재산분배만 남았대.

전화벨이 울릴 때마다 그녀의 가슴은 오그라드는 것 같았다. 하지만 그 남자로부터는 계속 연락이 없었다. 전화에 대한 기대조차 할 수 없는 토요일과 일요일은 더 견디기 힘들었다.

토요일 새벽 한 시에 아버지와 엄마가 그녀를 깨워 찌그러진 차에 태웠다. 차 안에는 엄마와 식품점에서 같이 밑반찬을 만드는 아줌마 둘이 더 있었고, 도시락에서 풍겨 나오는 큼큼한 반찬냄새가 꽉 차 있었다. 그들은 졸아가면서 네 시간을 달려 낯선 바닷가로 갔다.

아직 먼동이 트지 않은 이른 시각인데도 바닷가에는 꽤 많은 사람들이 나와서 북적거렸다. 아버지는 그녀에게 장화를 던져주었고, 그녀는 잠이 덜 깬 몽롱한 상태에서 장화를 신었다. 그들은 차에 싣고 간 고무보트에 바람을 넣어갖고 물에 띄웠다. 그리고 그곳에서 조금 떨어져 있는 섬까지 노 저어 갔다.

한 사람 앞에 네 마리만 잡을 수 있어, 더 잡으면 벌금을 물어.

엄마와 같이 식품점에서 일하는 아줌마가 주의를 주었다. 섬에는 그들처럼 전복을 잡으러 나온 사람들이 득시글거렸다. 그렇게 잡은 전복을 엄마는 그녀가 일하는 마켓에 개당 50달러에 판다면서 세 식구가 네 마리씩 잡으면 하루 수입이 600달러라고 했다.

그들은 뻘에 점점이 흩어져 전복을 잡았다. 전복 채취장의 감시원들의 감독은 삼엄했다. 전복 잡는 사람들을 수시로 점검하는 서치라이트가 막 잡은 전복을 칼로 썰어 주머니에 넣어온

초고추장에 찍던 아버지에게 멈췄다. 아버지는 3,000불짜리 벌금 고지서를 받고 전복 채취장에서 쫓겨났다.

분해서 한잠도 자지 못하던 아버지와 엄마가 일요일 새벽에 그녀를 깨워 다시 차에 태웠다. 벌금을 물려면 쉬는 날마다 전복 잡으러 가야 한다고 그들은 악에 바친 소리를 했다. 엄마가 할당량 네 마리 외에 몰래 두 개를 더 숨겨 나오다가 발각돼 또다시 3,000불짜리 벌금 고지서를 받았다.

집으로 돌아가면서 운전을 하는 아버지의 어깨는 축 쳐져 있었고, 엄마는 앓는 소리를 내고 있었다. 그녀는 눈을 들어 하늘 중천에 떠올라 있는 태양을 바라보았다.

갑자기 아침에 한 알의 사과를 먹고, 이태리의 어느 바닷가를 뛰는 젊은 청년의 영상이 가슴을 스치고 지나갔다. 비둘기 떼를 날리며 바닷가를 달리는 청년의 모습을 그리면서 그녀는 눈물을 흘렸다.

그 남자의 집 근처로 가는 것은 많은 용기를 필요로 했다. 사설골프장과 동물원이 있는 산에서 바다를 향해 내려오다가 왼쪽으로 커브해 들어가면 이제껏 하고는 다른 환상적인 산동네 모습이 나타났다. 그 부근을 지나는 차량들은 속도를 늦추고 집 구경을 했다. 그 남자의 집은 그 동네에 있었다.

그녀는 버스에서 내려 30분 가량 언덕길을 올라 그 남자 집이 잘 보이는 곳에 멈춰 서서, 녹색 뾰족탑과 수많은 창들과 흰 꽃으로 덮인 정원을 바라보곤 했다. 그녀는 그 남자가 계란노른자색 벤츠 컨버터블 외에 그린색 재규어와 청색 패스파인더를 타고 다닌다는 것, 그리고 집으로 들어서면 스쳐가는 곳의 불들을 모두 켜는 습관이 있다는 걸 알아냈다.

그날은 오랫동안 그 남자의 집에 불이 켜지지 않았다. 마지막 버스를 놓치지 않기 위해 종종걸음질치는 그녀를 큰길에서 꺾어 들어오던 그린색 재규어가 덮칠 뻔했다. 급브레이크 소리가 들린 후 차에서 뛰어내린 그 남자가 그녀를 보고 갓뎀이라고 소리쳤다.

그녀는 오돌오돌 떨면서 그 남자를 바라보았다.

왜 이곳에 와 있지?

그 남자의 입에서 술 냄새가 풍겼다.

그냥 걱정이 돼서요.

그녀가 기어 들어가는 음성으로 대꾸했다.

걱정?

그 남자가 껄껄 웃었다.

니가 내 걱정을 한다고? 내가 너 따위의 걱정이나 받을 만큼 한심해졌단 말이지?

그 남자가 빈정댔다.

그럼.

그녀가 인사를 하고 자리를 떠나려 할 때 그 남자가 그녀의 팔을 잡았다.

내가 걱정이 돼서 왔으면 어떻게 위로를 해줘야 할 거 아냐?

그녀는 그 남자에게 끌려 집 안으로 들어갔다. 고급 차들이 들어찬 차고를 거쳐, 금박 박힌 타일이 깔린 수영장을 지나고, 비단커튼이 쳐진 방들을 지날 때 그녀는 수없이 그려보았던 그 것들을 하필 그런 비참한 상태에서 본다는 것이 슬펐다.

그 남자가 그녀를 침실로 끌고 들어갔다.

난 복종하는 여자를 좋아해. 넌 그런 여자가 돼줄 수 있을 거야.

그녀가 고개를 끄덕였다.

좋아.

그 남자가 그녀의 옷을 벗겼다. 그리고 느닷없이 손으로 온 몸을 때리기 시작했다.

새벽에 그녀는 자신을 누르고 있는 남자의 팔을 살며시 밀치고 일어나 침대를 빠져나왔다. 잠이 든 남자는 꿈쩍도 하지 않았다. 그녀는 침대 주위에 흩어져 있는 옷을 주워 입고 나서 그 남자를 돌아보았다. 그 남자를 알고 난 이래 가장 낯설어 보이는 모습이었다.

안녕!

그녀는 그 남자에게, 그리고 자신에게 중얼거렸다.

그녀는 그 남자에게 잘못이 있다고 생각하지 않았다. 잘못은 그녀가 꿈꾸는 거침없는 몽상에 있다는 걸 알고 있었다. 그 남자의 베어 문 하품과, 낯선 시선과, 엉뚱한 질문 같은 것들이 그런 것들을 말해주었었다. 잘못은 그런 것들을 부인하기 위해 자신의 몽상 둘레에 견고한 벽을 쌓아온 자신에게 있었다. 그녀는 이쯤해서 몽상의 막을 내릴 때가 됐다는 걸 깨달았다.

안토니가 메인디시인 엔젤헤어 국수 요리를 날라 왔다.

"당신, 한국의 로열패밀리 아니에요?"

안토니가 그녀를 바라보고 있었다. 그녀는 그의 치기 어린 질문에 깔깔 웃었다.

"내 아버지가 현다이를 소유하고 있어요."

그녀 입에서 거짓말이 흘러나왔을 때 그녀는 당황했다. 안토니가 휘익 휘파람을 불었다. 장난기 어린 그의 얼굴 한 구석에 감명의 빛이 떠올라 있는 걸로 보아 정말 그녀 말을 믿는 것 같았다. 그녀가 농담이라고 변명하려고 할 때 그는 그녀 앞 테이블의 어린 연인들에게 계산서를 갖다 주기 위해 급히 자리를 떴다.

그녀는 변명 같은 건 하지 않기로 작정했다. 아버지가 선박 청소부가 아니라, 빌딩 꼭대기에 버티고 서서 미국사람들을 굽어보고 있는, 거대한 입간판의 현대자동차 회사 사장이라고 해서, 그 자리의 누구에게 해를 끼칠 것인가?

그녀는 접시 가장자리에 알맞게 입을 벌린 홍합이 가지런히 놓여 있는 국수 요리를 먹어보았다. 소스는 훌륭했으나 유감스럽게도 국수가 약간 풀어져 있었다. 그녀는 불만스럽다는 듯 머리를 저었다.

그 남자의 집에 갔다 온 다음 날에도 그녀는 신문사에 나와 글자를 찍어댔다. 자세히 보면 뺨에 있는 멍자욱과 목덜미의 이빨 자욱이 남자직원들에게 외설스러운 상상을 불러일으킬 수도 있었다. 하지만 그녀를 눈여겨보고 지적한 사람은 아무도 없었다.

의외로 그녀는 담담했다. 어쩌면 겉에 드러난 상처만큼도 흔적을 남기지 않은 것 같았다. 실제로 그날 그 남자의 자는 모습을 향해 안녕했을 때 그녀의 마음속에서 하나의 획이 그어졌던 것이다.

신문사 사람들은 여전히 그녀 방으로 들어와 커피를 마시며 잡담을 늘어놓기도 했고, 몰래 숨어 들어와 담배를 피우다 가기도 했다. 일주일에 한 번씩 오는 그림 그리는 여자는 여전히 원고를 들고 와 그녀가 악필로 갈겨 쓴 글씨를 컴퓨터에 입력하는 동안 담배를 피웠다.

그즈음 들어 그림 그리는 여자의 발걸음은 매우 경쾌해서, 쪽 고른 다리가 탕탕탕 바닥을 울려댈 때마다 사람들의 마음을 공연히 설레게 하는 것 같았다. 사람의 감정 중에서 무엇보다도 기쁨은 숨길 수 없는 것이어서 그녀 몸에서 뻗어 나오는 파장이 주위를 가늘게 떨게 하는 듯 했다.

오늘 새벽에 급히 쓴 거라 두서가 없어.

그림 그리는 여자는 달뜬 음성으로 원고를 받아든 그녀에게 말했다. 글의 제목은 「국수 요리 만드는 즐거움」이었다.

'나는 집에서 국수 요리를 즐겨 먹는다. 칼국수도 좋고, 일본

우동도 좋지만 그림 그리느라 스태미나가 딸릴 때는 이태리 국수를 만들어 먹는다. 왜냐면 이태리 국수는 마라톤 선수들이 시합 전에 즐겨 먹을 정도로 스태미나에 최고이기 때문이다.

일을 하다가 허기가 지면 세이지, 바질, 로즈마리, 마늘, 그리고 소스 팬이 주렁주렁 걸려 있는 주방으로 들어간다. 가스불 위에 물을 올리고 끓을 동안, 올리브 오일과 마늘과 파인 너트와 파마잔 치즈와 바질로 국수 요리에 쓰일 페스토 소스를 만든다. 국수를 삶을 땐 큰 냄비에 물을 많이 붓고 끓여야 국수가 제대로 삶아진다. 물이 끓기 시작하면 국수를 넣고, 국수가 삶아질 동안 프라이팬에 올리브 오일을 넣고 달궈 홍합, 마늘, 골파를 넣고 볶는다. 홍합이 벌어지기 시작하면 금방 만든 페스토 소스와 드라이 화이트 와인, 레몬주스, 크림을 넣고 불을 줄인다. 그런 다음 홍합 껍질이 다 벌어지면 올리브 오일과 콩 그리고 이태리 양념을 넣는다.

그때쯤이면 국수가 삶아진다. 국수를 한 가닥 건져 벽에다 던져보아 살짝 붙었다 떨어지면 제대로 삶아진 것이다. 그 동안 접시 가장자리에 살짝 볶은 홍합을 가지런히 놓고, 소스를 퍼서 홍합 껍질 안에 한 스푼씩 얹는다. 그리고 나서 삶아낸 국수를 가운데 살포시 올려놓고, 골파 다진 것을 뿌리고, 팬에 남아 있는 소스를 끼얹고 잘게 모로 썬 토마토를 접시 가장자리에 두른다.

나는 특별한 날 저녁에는 이태리 국수 요리를 들기를 권하고 싶다. 촛불을 밝힌 식탁에 포도주 병을 놓고 사랑하는 사람과 마주보고 앉아 이렇게 만들어 낸 국수 요리를 먹으면 만사형통! 그날 밤은 장거리 마라톤도 거뜬히 완주할 수 있을 테니까.'

어때?

그림 그리는 여자가 물었다.

이태리 요리를 좋아하세요?

그녀가 그림 그리는 여자를 뚫어지게 바라보면서 물었다.

좋지. 하지만 그 맛을 제대로 알게 된 것은 요즘 들어서야.

이태리인들 테이블에 메인디시를 날라다주고, 막 식당을 나선 젊은 연인들이 테이블에 놓고 간 팁을 챙겨든 안토니가, 이젠 급한 불을 끈 듯 한결 여유 있는 태도로 그녀에게 다가와서 음식 맛이 어땠냐고 물었다.

"국수가 요리 이름 그대로 천사의 머리털처럼 부드러워요. 너무 부드러운 게 흠이지만. 그런데 홍합은 정말 쥬이시하게 잘 볶았어요."

그가 고개를 끄덕이고 나서 음식과 상관없는 일을 물었다.

"금요일 저녁엔 무얼 하세요?"

"글쎄요. 당신은요?"

"춤을 추러 가지요."

"재미있겠네요."

"전 춤을 잘 춰요. 디저트는?"

"글쎄요. 무얼 추천하고 싶으세요?"

안토니가 잠시 생각한 후에 말했다.

"티라미수가 어떨까요?"

"나도 바로 그걸 생각하고 있었어요."

그게 무슨 뜻인지 알아?

그 남자와 처음 이태리 음식점에 갔을 때 그는 그녀를 위해 티라미수를 주문해 주었다.

'나를 선택해주세요'란 의미가 있는 디저트야. 음식점에 가서 디저트로 티라미수를 주문할 땐 앞에 앉은 여자를 안고 싶다는 뜻이지.

그 남자는 어쩌면 지금쯤 어느 고급 식당에서 그림 그리는 여자와 저녁을 먹으며 디저트로 티라미수를 주문하고 있을지도 몰랐다.

그날 그 남자가 신문사로 왔었다. 그녀의 방을 지나쳐 지사장실로 들어가는 그 남자의 뒷모습을 본 그녀는 밖으로 나와 계란노른자색 벤츠 컨버터블 곁에서 그 남자를 기다렸다. 한참 만에 차가 있는 곳으로 온 그 남자는 망연한 모습으로 아스팔트에 주저앉아 있는 그녀를 보고 깜짝 놀랐다.

"어떻게 해야 할지 몰라서요. 겁이 나요."

그녀가 비실비실 일어서면서 겁먹은 목소리로 말했다.

"무슨 일이 있었나?"

그 남자가 차 문을 열면서 약간은 짜증스러운, 하지만 다정한 목소리로 물었다.

"애를 가졌어요. 어떻게 해야 할지 겁이 나서요."

"저런! 조심을 했어야지."

그 남자가 차 안으로 올라타 시동을 걸었다. 그녀는 초조해
졌다.

"그게……."

그 남자가 지갑 속에서 손에 잡히는 대로 돈을 꺼내 그녀 바
지 주머니에 찔러 넣었다.

"보아하니 애를 낳을 형편들이 안 되는 모양인데 그렇다면
빨리 처리하는 게 좋을 거야."

그녀는 계란노른자색 벤츠 컨버터블이 사라져가는 쪽을 멍
하니 바라보았다.

안토니가 티라미수와 계산서를 날라 왔다. 케이크, 마스카르
포네 크림치즈, 초콜릿 가루를 몇 겹씩 포갠 위에 에스프레소
커피와 다크 럼을 뿌린 티라미수를 입에 넣자 혀에 사르르 녹
았다.

"당신이 이걸 좋아할 것 같아 막 만든 걸 두 시간 전에 냉동
실에 넣어두었지요. 티라미수는 막 만들어서 냉동실에 두세 시
간 얼린 게 제 맛이 나거든요."

"고마워요."

두 시간 전이면 그녀는 그 식당에 와 있지도 않았다. 하지만
그녀는 그의 입에 발린 말을 탓하고 싶은 생각이 전혀 없었다.

오히려 그날은 거짓이라도 그런 친절이 마음에 들었다.

"티라미수의 뜻이 무언지 아세요?"

그가 물었다.

"나를 선택해 주세요,란 뜻이죠."

"맞아요."

그가 고개를 끄덕였다.

"오늘 저녁 시간이 있으세요?"

그가 다시 물었다.

"왜요?"

"춤추러 같이 가요."

안토니는 필요 이상으로 한쪽 눈을 찡긋했다. 처음엔 닳고 닳은 느낌을 주는 경박한 그 움직임이 지금은 그녀를 매혹하고 있었다. 그녀는 그의 딱 바라진 어깨와 단단해 보이는 넓적다리를 살펴보았다. 그리고 그 남자에게는 그런 단단함이 없었다는 걸 깨달았다. 이국 남자의 육체에 대한 어떤 끌림이 그녀를 간질이고 있었다.

"금방 일이 끝날 거예요. 기다려주실 수 있죠?"

그녀는 안토니를 향해 고개를 끄덕였다. 그가 자리를 뜬 후 그녀는 어두워진 밖을 내다보았다. 그녀는 그 밤에 불 밝히고 있을 수많은 레스토랑들과 디스코텍 그리고 귀청을 찢을 듯한 음악과 주체 못할 몸부림 같은 아수라장을 상상해 보았다. 안토니와 그 아수라장 속으로 뛰어드는 것도 괜찮을 것 같았다.

그녀는 계산서를 본 다음 바지 주머니를 뒤져 지폐를 끄집어내 세어보았다. 저녁 값과 팁을 듬뿍 치르고도 남는 돈이 많았다. 그 돈이면 그날 밤 현다이 사장의 딸답게 놀 수가 있다.

그녀는 일본 여자들 테이블에 계산서를 갖다 주러 온 안토니를 몽롱한 눈으로 바라보았다. 그리고 어쩌면 오래 전부터 자신이 기다리고 있었던 사람이 그였는지도 모른다는 생각을 했다. 겉으로는 조용히 앉아 있었지만 그녀 가슴에는 이제 색다른 소용돌이가 일고 있었다.

이태리인들의 테이블에서 곤히 자고 있던 아이가 깨어나서 울자 아기의 엄마인 듯한 여자가 일어나 아이를 안고 어르기 시작했다. 그게 신호이기라도 한 것처럼 백만장자 할아버지가 손뼉을 쳐서 안토니를 불렀다.

"우리 귀여운 공주님 생일을 축하해줄 준비가 됐지?"

안토니는 그녀와 눈이 마주치자 어이없다는 듯 눈을 찡긋했다. 잠시 후 촛불을 밝힌 케이크를 든 그와 식당 안의 다른 웨이터들이 이태리인들의 테이블로 몰려들어 생일축하 노래를 불렀다. 아기가 방실방실 웃는 것을 본 이태리인 가족들이 아기가 든 바구니를 내려다보며 한바탕 수다를 떨어댔다.

에스프레소 커피를 마신 일본 여자들이 테이블 위에 두둑한 팁을 놓고 나가다가 잊고 나간 쇼핑백을 가지러 다시 돌아오고, 쇼트커트 머리의 테이블에 앉아 있던 남자가 참을 수 없다는 듯 벌떡 일어나 테이블에 냅킨을 던졌다.

"난 당신처럼 좋은 환경에 있으면서도 출세를 위해 아무렇게나 몸을 굴리고, 여권까지 부르짖는 위선적인 여자들을 혐오해. 당신이 구상하는 프로그램은 한 마디로 웃기는 거야. 난 손을 떼겠어."

그녀는 일본 여자들 사이를 밀치듯 뚫고 나가는 남자와, 도저히 용서할 수 없다는 결연한 얼굴로 그 뒤를 따라 나가는 쇼트커트 머리 여자를 눈길로 따르다가 썰물이 빠져나간 듯 손님들이 빠져나간 썰렁한 식당을 둘러보았다.

그녀는 테이블 위에 하릴없이 놓여 있던 손을 살며시 배 위로 가져갔다. 그 뱃속에는 그 남자의 아이가 자라고 있었다. 뱃속의 아이는 떼어낼 것이다. 이제껏 살아오면서 이번만큼 그녀 스스로 단호한 결정을 내렸던 적이 없었다. 그녀는 여자가 싫었다. 특히 그녀 같은 순종적인 여자가 싫었다. 뱃속의 아이가 딸이고, 그것도 자신을 닮은 여자일지도 모른다는 것은 끔찍한 일이었다.

거울이 놓인 방

난 멋쟁이라든가 세련됐다거나 하는 말을 듣는 게 싫어.
그런 것보다는 감각적이라든가, 분위기가 있다는 말이 훨씬 좋지.
그리고 새 옷만 좋아하는 사람도 싫어.
그 사람을 특징적으로 만드는 트레이드마크 같은 옷들이 있잖아?
그 옷을 입고 있는 걸 보면 그 사람과 옷이 하나인 것 같이 느껴지고,
그 옷을 통해 추억을 끄집어낼 수 있는……
그런 낡은 옷들을 많이 갖고 있는 사람이 좋아.

엄마가 외국 여행길에서 갖고 온 트렁크를 연다. 딸은 엄마 곁에 앉아서 트렁크가 열리기를 기다리고 있다. 이번에는 어떤 옷들이 나올 것인가? 엄마가 골라오는 옷들은 예쁘고 독특해서 딸을 실망시키지 않는다. 그건 엄마의 쇼핑 방법이 남다르기 때문이다.

샌프란시스코와 밀라노에 각각 이모가 있어서 가끔 외국을 드나드는 엄마는, 가서 쇼핑하는 걸 즐긴다. 하지만 엄마를 사치스러운 여자라고 할 수는 없다. 그녀는 단지 많은 돈을 들이지 않고도 옷을 잘 고를 뿐인데, 세상을 살아가는 데 있어서 옷을 고르는 안목이 있다는 것은 매우 중요한 일이다. 그건 전자

제품이나 가구를 잘 고르는 것하고는 다르다. 그건 삶의 편의보다는 질과 관계가 있는 문제다. 부자는 당대에 나올 수 있어도 멋쟁이는 삼대를 걸쳐야 나온다는 말이 있다. 엄마는 유럽 브랜드의 새 옷들과 수십 년 전 유행했던 낡은 옷들, 모던한 디자인의 보석과 인사동의 골동품 악세사리, 그리고 반세기 전에 서양 여자가 썼었을 모자나 실크로드의 여인들이 신었을 것 같은 가죽신 등 시간과 공간을 뒤섞은 물건들로 자신을 독특하고 매력적으로 연출할 줄 아는 여자이다.

가방의 지퍼가 다 열리고 뚜껑이 젖혀진다. 가방 안을 들여다보는 딸의 입이 벌어진다. 그녀는 가방 안에서 동그란 생일 케이크처럼 생긴 빨간 모자 가방부터 끄집어낸다. 모자는 딸이 좋아서 맥을 못 추는 아이템이다. 가방 안에는 모자 세 개가 포개져 있다. 딸은 모자들을 끄집어내 마룻바닥에 늘어놓는다. 아이보리색 리본으로 테를 두른 밀짚모자와 밍크 모자 그리고 베일이 드리워진, 머리 위에 살짝 핀으로 고정시키는 핀업 모자가 바닥에 나란히 놓인다.

"밀짚모자는 벼룩시장 물건이고, 밍크는 백화점 물건이고, 이건 앤틱 가게에서 샀지요?"

딸은 정확히 짚어낸다. 밀짚모자에서는 노천의 바람과 햇빛에 바랜 냄새가, 망사가 드리워진 모자에서는 정교한 수공과 고풍스러운 멋이 난다. 엄마의 쇼핑 패턴은 일류 백화점과 앤틱점 그리고 벼룩시장을 도는 것이다. 이번처럼 샌프란시스코에 갈 때는 다운타운에 있는 '메이시'나 '니만 마커스' 같은 백화점엘 가고, 그곳에서 아주 긴 다리인 베이 브리지를 건너 옛 도시 오클랜드와 버클리 대학이 있는 버클리 시에 가서 앤틱 가게를 뒤지고, 주말이면 벼룩시장을 도는데, 엄마가 가장 좋아하는 곳은 앤틱점들이다. 사람들이 노동의 가치를 돈으로 환산하는 데 느슨했던 시절, 손으로 하는 일에 너그러웠던 시절에 만든 물건들이 멋있고 정겹다고 엄마는 말한 적이 있다.

딸이 브라운색 밍크 모자를 써 본다.

"고르바초프 딸 같구나."

엄마의 조크에 딸이 웃는다. 이번에는 이마 위로 베일이 살짝 드리워지는, 머리에 올려 쓰는 핀업 모자를 써본다. 그리고 모자가 주는 분위기에 맞추려는 듯 다리 한쪽에 엉덩이 체중을 싣고, 턱을 치켜들어 불란서 여배우 같은 요염한 표정을 지어본다. 갑자기 딸을 감싸고 있는 분위기가 달라진다. 선탠을 해 까맣게 윤기 도는 피부와 도톰한 아랫배에서 관능적인 기운이 뻗쳐 나오는 것 같다. 엄마의 가슴이 돌연 답답해진다. 그 답답함이 엄마를 거북살스럽게 만든다. 그녀는 그 느낌의 정체를 찾아내려는 듯 얼굴을 찌푸린다.

엄마의 남편이면서 딸의 아버지인 남자가 있다. 올이 굵은 코르듀이 바지와 베이지색 면 스웨터가 반백의 머리에 잘 어울리는 그 남자는 정원 잔디밭에서 퍼팅 연습을 하고 있다. 엄마는 거실에서 차를 준비하고 남편을 부르려다 그만둔다. 남편은 다리를 어정쩡하게 벌리고 상체를 구부정하게 숙이고 팔을 뻣뻣하게 뻗은 채 마냥 신중하다. 퍼팅이 잘 되는 날은 그것도 기막히게 된다고 한 남편의 농담을 생각하고 그녀는 웃는다. 뻣뻣하게 뻗은 남편의 팔이 공을 살짝 건드린다. 공은 싱겁게 홀 안으로 빠져 들어간다. 남편이 그녀를 돌아보며 손을 흔든다.

남편은 연습을 마치고 들어오다가 장미나무에서 막 봉오리를 연 꽃 한 송이를 꺾는다. 남편이 꺾어 든 것은 흰 장미이다. 그가 안을 향해 걸어온다. 엄마는 거실 유리문을 통해 꽃을 들고 걸어오는 남편을 보고 있다. 장미꽃 중에서는 흰 장미를 제일 좋아한다고 한 그녀의 말을 남편은 잊는 법이 없다.

외출했던 딸이 막 대문 안으로 들어선다. 딸은 집을 향해 걸어가는 아빠를 보고 팔딱팔딱 뛰어온다. 딸은 아빠를 불러 세운다. 그녀는 새로 사 입은 옷을 자랑하고 싶은 거다. 딸은 한 손을 허리에 얹고 약간 비껴선 자세로 서서 아빠를 바라본다. 그녀의 입가에 야릇한 미소가 어려 있다.

거실 유리문을 통해 엄마가 그 모습을 보고 있다. 엄마는 스웨터 위로 불룩한 가슴과 타이트스커트를 팽팽하게 만들고 있는 엉덩이를 바라본다. 딸을 바라보는 아빠의 눈이 가늘어진다. 엄마는 남편의 얼굴에 찬탄의 빛이 떠올라 있음을 본다. 엄마의 얼굴에 경련이 일고, 가슴이 무엇에 짓눌리듯 무거워진다. 딸이 아빠 손에 들려 있던 장미꽃을 빼앗는다. 둘이 팔짱을 끼고 걸어온다. 아빠의 팔에 매달려 살랑살랑 걸어오는 딸의 자태가 요염하다고 엄마는 생각한다. 그들이 막 거실 안으로 들어섰을 때 엄마는 흰 장미를 꺾었다고 남편에게 공연히 화를 낸다.

그들 셋이 있을 때 엄마는 자주 가슴이 답답해진다. 딸은 출근길 아빠의 넥타이를 골라주고, 아빠를 위해 요리를 하고, 술을 마시고 들어오면 잔소리를 한다.

엄마는 딸을 바라보고 있다. 딸은 요염한 자태를 지어 보이고 서서 말없이 엄마의 평가를 요구하고 있다. 엄마는 자신의 감정이 딸 앞에서 부끄럽다. 그리고 이제 딸의 요염한 자태를 걱정할 필요가 없다는 생각을 한다. 남편은 이 세상에 없으니까. 대신 남편에 대한 추억을 나눌 수 있는 상대로 딸이 있다는 게 여간 다행스러운 일이 아니라고 생각한다. 엄마는 딸의 엄마로서의 애정과 배려를 회복하고 딸의 모습을 바라본다.

"그 모자는 연륜이 느껴지는 여자가 써야 하지 않을까? 네가 쓰니까 귀여운 정부 같은 느낌밖에 들지가 않아. 물론 그런 느낌을 대부분의 남자들은 좋아할지도 몰라. 하지만 난 그런 거 싫어. 영글지 않고 도발적이고 느끼한 것 같기도 하고, 육질로 보이는 것 같아서 말야. 난 네가 갖고 있는 상큼한 사과 같은 분위기를 살렸으면 해."

"알았어요."

딸은 순순히 엄마의 의견을 받아들인다. 딸은 베일이 달린 모자를 벗는다. 그리고 불현듯 그 모자를 엄마에게 씌워본다.

"옛날 영화에서 본 이름모를 여배우가 생각나요. 그 여자가 검정색 삐꾸차에서 내리는데 까만 그물 스타킹을 신은 다리 한 쪽과 차 밖으로 내밀고 있는 머리가 보여요. 모자의 베일에 반쯤 가려진 여배우의 얼굴이 신비로워요. 바로 그때의 그 배우 같은 분위기예요. 엄마는 긴 얼굴에 눈이 들어가고 광대뼈가 나온 서구적인 골격이라 이런 모자가 어울려요."

딸이 보기에 엄마는 그 모자와 완벽하게 어울린다. 옛날부터 엄마는 그런 풍의 모자를 쓰면 우아하고 멋있었다. 그런데 딸은 이번에 엄마에게서 전과 다른 어떤 것을 느낀다. 엄마는 서양 영화 같은 데서 보이는 일요일의 시골 교회 앞에 서 있으면 딱 어울리는 분위기이다. 그 교회 앞에는 예배를 드리기 위해 단벌 정장을 입고, 아끼는 모자를 꺼내 쓴 중년여인들과 할머니들이 모여들고 있다. 3년 전 아빠가 돌아가시기 전까지만 해도 엄마에게서는 그런 분위기가 느껴지지 않았었다. 아빠가 돌아가시고 난 후 엄마는 달라졌다. 일요 예배를 보기 위해 모여드는 중년여인들처럼 엄마에게서는 섹시한 분위기가 사라졌다.

엄마는 거울 속의 모습을 바라보고 있다. 눈꼬리와 목선이 눈에 거슬린다. 몇 년 전부터 그쪽 근육들이 서서히 늘어지고 있다. 엄마는 흘깃 딸의 목선을 훔쳐본다. 선명하고 탱탱한 선이 보기에도 상큼하다.

"엄마 많이 늙었지?"

엄마는 턱 선을 손으로 쓸어보며 딸에게 묻는다.

"아니요. 엄마는 잘 꾸미면 아직도 삼십대로 보여요."

딸의 말에 엄마는 픽 웃는다. 삼십대라는 것도 딸에게는 늙음을 의미한다는 걸 알기 때문이다. 그런 당연한 걸 깨달은 것도 얼마 되지 않는다. 그건 얼마 전에 텔레비전을 보고 있을 때의 일이다. 그때 텔레비전에서는 더스틴 호프만이 나오는 〈졸업〉이라는 영화를 하고 있었는데 '미세스 로빈슨'이 나왔을 때 그녀는 깜짝 놀랐다. '미세스 로빈슨'은 놀랍게도 너무나 젊고 매력적인 여자인 것이다. 하지만 그 영화를 처음 봤던 옛날, 지금의 딸처럼 젊었을 때, 그때 영화 속의 미세스 로빈슨은 딸의 애인을 탐하는 추악하게 늙은 여자였다. 젊음과 늙음을 구별하는 데 있어서는 기준이 딱 하나밖에 없다. 바로 평가하는 자의 나이이다.

이제 딸은 밀짚 모자를 쓰고 거울 앞에 선다.

"뒤라스의 〈연인〉에 나오는 여주인공 같구나."

엄마가 환한 미소를 띠고 딸을 바라본다. 딸은 만족한 미소를 짓는다. 엄마는 그 밀짚모자를 얻게 된 경위를 딸에게 설명한다. 그곳은 오클랜드에서 주말마다 장이 서는 벼룩시장에서다. 엄마는 벼룩시장을 돌아다니다가 볕이 너무 뜨거워 밀짚모자라도 하나 사야겠다고 생각한다. 하지만 좀 색다른 밀짚모자를 찾는 그녀 눈에 드는 모자가 없다. 그러다가 엄마는 밀짚모자를 쓰고 있는 흑인 여자를 본다. 그녀는 엄지손톱만큼 작고

앙증맞은 골동품 손목시계들이 놓인 유리 상자 앞에 앉아 있다. 그녀는 흑진주처럼 아름다웠는데, 벨벳 같은 검은 피부와 밀짚 색깔이 어찌나 잘 어울리던지 엄마는 그 여자에게서 눈을 뗄 수가 없다. 그녀가 쓰고 있는 밀짚모자는 결이 곱고 단단하다. 엄마는 그 여자에게 다가가 예쁘다고 찬사를 보내고, 그런 모자를 어디서 구할 수 있느냐고 묻는다. 기분이 한껏 좋아진 흑인 여자는 즉시 모자를 벗어 엄마에게 선물한다. 그러면서 그 모자는 밀밭에서 일하던 그녀의 할머니가, 결이 고운 밀짚들을 골라 손수 만든 것이라고 설명한다.

"그 모자를 결었을 흑인 여자를 생각하면 왠지 모르게 가슴이 뭉클해져. 그 여자는 그때 강제로 떠나온 아프리카를 그리워하고 있었을 거야. 그리고 힘겨운 노예생활에 지쳐 있었을 것이고…… 아니 어쩌면 그런 환경 속에서도 어떤 남자에 대한 뜨거운 사랑으로 행복했을지도 몰라."

딸은 미국 중서부의 밀밭에라도 가 있는 듯 아름풋한 엄마의 표정을 본다. 그러면서 그 흑인 여자의 할머니 시절에도 노예가 있었는지, 밀짚모자가 백 년쯤 돼도 삭아버리지 않는지 의아해 한다. 하지만 그건 중요한 게 아니라고 무시한다. 중요한 건 엄마의 생각이며, 이제 그 밀짚모자도 특별한 의미를 갖고 엄마의 드레스 룸 한켠을 차지하고 있으리라는 사실이다. 엄마에게는 하찮은 물건도 특별하게 만드는 마력이 있다.

지금 그녀들이 있는 곳은 드레스 룸이다. 그 방에는 두 벽이 마주치는 코너를 세모꼴로 자르면서, 마치 방 전체와 대화라도 하는듯한 자세로 버티고 선 전신 거울이 있다. 15도쯤의 각도로 고개를 쳐든 그 거울은 지금 다크 브라운의 쪽마루와 아이보리색 레이스 커튼이 쳐진 들창, 그리고 창가에 올망졸망 놓여 있는 베고니아와 옷장 앞에서 옷을 입고 있는 두 여자의 모습을 담고 있다. 거울은 군데군데 칠이 벗겨진 아이보리색 나무틀에 감싸여 있는데, 거울의 각도를 조절하는 나무 나사가 헐거워, 창에서 바람이 몰아치기라도 하면 조금씩 앞뒤로 기우뚱거린다.

거울 속에 있는 두 여자는 트렁크에서 꺼낸 옷들을 하나씩 입어보고, 그 옷들에 대해 한 마디씩 코멘트하며 깔깔 웃고, 그 옷들에 코디할 옷들과 모자들을 고르기 위해 옷장에 걸려 있는 옷들을 뒤지느라 법석을 떤다. 그녀들은 〈티파니에서 아침을〉의 오드리 헵번이 돼 보고, 통풍기 위에서 스커트를 날리며 서 있는 마릴린 먼로가 되어 보고, 〈위대한 개츠비〉의 미아 패로가 돼 보고, 중국 여인이나 동구 여인이 돼 보기도 한다. 그 순간만큼은 이 세상의 어느 누구보다 행복하다. 쪽마루 위에는 그녀들이 벗어 던진 옷가지들이 수북이 쌓여 간다.

엄마 옷장을 뒤지던 딸의 눈에 낡은 비단 투피스가 뜨인다. 낡은 비단에서 풍기는 고풍스런 색채나 옛스런 디자인이 '빈티지 룩'처럼 보이는 그 옷엔 묘한 매력이 있다. 그 옷을 보면서 딸은 한 남자를 떠올린다.

그 남자가 경영하는 레스토랑의 실내장식은 빈티지 풍이다. 그 식당 입구에는 말린 꽃들과 허브들 그리고 이태리 향신료들과 묵은 포도주들이 마치 시간의 앙금이 내려앉은 것처럼 고즈넉스럽게 장식되어 있다. 그런 분위기는 안에까지 연장돼 불현듯 돌출된 벽면이 만들어내는 호젓한 공간들은 아늑하고, 그 공간마다 어울리는 제각기 다른 통나무 식탁이나 비단과 벨벳으로 만든 쿠션이 놓인 의자는 아주 오래 전부터 손님들을 기다려온 것 같아, 그곳에 앉아 음식을 먹고 있으면 이태리의 옛 시골집에라도 가 있는 듯한 기분이 든다. 그 레스토랑에서 음식을 먹고 있으면, 주인이 꽃 화분 하나에서부터 벽 장식품에 이르기까지 세심히 손을 보고 있는 모습을 볼 수 있다.

딸은 미각이 발달돼 있다. 그래서 맛있는 음식을 좋아하고 손수 요리도 잘 한다. 딸은 새로운 음식을 먹길 좋아하기 때문에 좋다는 음식점들은 거의 다 찾아다닌다. 압구정동, 청담동에는 이태리, 프랑스, 퓨전 음식점들이 속속 들어서고 있다. 하지만 그녀의 입맛을 만족시키는 곳은 한 곳도 없다. 그러다가 한 곳에서 제대로 된 음식을 먹었는데 바로 그 남자가 하는 레스토랑이다. 안초비 맛이 적당한 드레싱이나, 그 드레싱에 버무려져 몸통을 반짝이고 있는 싱싱한 로매인레터스의 시저 샐러드도 훌륭했고, 파스타의 국수도 탄력 있게 삶아졌으며, 고기도 딱 원하는 정도로 구워져 나왔다. 딸은 단번에 그 남자에게 호감을 느꼈다.

딸은 옷걸이에서 비단 투피스를 벗겨낸다. 그 비단 옷은 그 남자의 빈티지 풍 레스토랑 같은 분위기를 풍기고 있다. 그 옷은 그 남자 취향에 맞을 것 같다. 그 옷을 입고 그 레스토랑에 가서 그 남자를 유혹할 것이다.

비단 투피스를 입고 있는 딸을 보면서 엄마는 이상한 기분에 사로잡힌다. 그 옷은 그녀에게 특별한 의미가 있는 옷이다.

엄마가 시집갈 때 그녀의 엄마는 귀한 중국 비단으로 이부자리를 지어준다. 아파트에서 침대 생활을 하는 그녀는 두꺼운 솜이불을 쓸 일이 없어서, 시집올 때 해 간 비단 이부자리를 장롱에 간직해두기만 한다. 그녀는 애를 못 낳는다고 성화인 시어머니 등쌀에 힘들어 하다가, 결국 밖에서 아들을 낳은 남편과 이혼한다. 이혼하면서 그녀는 시집갈 때 해 갔던 이부자리를 갖고 돌아온다. 혼자서 사는 동안 그녀는 여러 번 남자를 소개받는다. 하지만 그녀의 눈에 차는 남자는 없다. 그러다가 다시 한 남자를 소개받고 선을 보게 된다.

"참 옷이 독특하고 예쁘네요. 난 옷을 잘 입는 여자가 좋아요."

남자의 한 마디에 그녀의 마음은 온통 흔들린다. 그러면서 그녀는 오랫동안 자신의 안목을 알아줄 남자를 기다려왔다는 걸 깨닫는다. 그 동안 만난 남자들은 궁중에서 상궁을 지냈던 분에게 얻은 칠보 머리 장식 핀의 아름다움도, 그녀의 엄마에게 물려받은 악어백의 예스러움도, 그녀만이 낼 수 있는 멋으로 코디한 옷들도 알아보지 못했다.

"상처해서 딸 하나를 데리고 있어요. 그 딸을 이 세상의 무엇보다도 사랑하지요."

처음 보는 남자인데도 그녀는 그 남자의 딸에게 질투를 느낀다.

"따님은 어떤 아이예요?"

"그 애는 음…… 사과 같아요. 사과처럼 상큼하죠."

그 남자의 딸을, 사랑에 빠질 것 같은 남자가 제일 사랑한다는 사람을 만나기로 하자 그녀는 긴장한다. 그녀는 특별한 날을 위해 비단 이부자리에서 뜯어내 간직해뒀던 감으로 옷을 해 입는다. 쑥색과 연두색과 노란색 금사로 짜여진 비단은 칠부 소매의 상의와 타이트스커트로 변한다. 그 옷은 그녀에게 잘 어울린다.

그녀와 그 남자가 기다리고 있는 호텔 레스토랑으로 딸이 걸어 들어온다. 열두 살짜리 계집애는 립스틱을 바르고 턱을 위로 쳐든 당당한 자세로 걸어 들어와 놀란 눈으로 쳐다보는 그들 앞에 앉아 귀부인 같은 동작으로 메뉴를 집어든다. 그 남자의 딸을 보고 그녀는 사과가 아니라 불여우 같다고 느낀다. 딸은 잔뜩 화가 나 있는 아빠를 외면하고 열심히 메뉴만 들여다보고 있다. 그녀는 계집애의 우스꽝스러운 모습을 뜯어본다. 샤넬 투피스(아마도 죽은 엄마의 것인 것 같다), 웃옷의 품이 큰 것을 커버하기 위한 듯 실제 내용보다 훨씬 큰 브래지어(그것도 아마 죽은 엄마의 것이리라), 그리고 과시라도 하듯 메뉴를 치켜든 손가락에서 빙빙 돌고 있는 커다란 다이아몬드 반지(그것도……).

　그 모든 것이 말해주는 건 너무도 명확하다. 화가 나서 빨갛게 얼굴이 상기돼 있던 아빠의 얼굴이 점점 부드러워진다. 이제 그의 눈에 웃음기가 떠오른다. 대신 새엄마가 될 여자의 얼굴이 일그러진다. 그녀는 표정을 감추느라고 애를 쓴다. 딸은 나이 든 웨이터에게 까탈스럽게 굴면서 음식을 주문하고, 음식이 도착하자 아빠와 드나들었던 다른 음식점들과 비교하며 수프에 우유가 너무 들어갔다느니, 생굴의 신선도가 떨어진다느니, 샐러드 드레싱이 너무 진하다느니 하며 불평한다. 남자는 딸의 입맛에 동의한다.

　"얘가 요리를 곧잘 해요."

　남자가 딸 자랑을 한다.

　"엄마가 하는 걸 봐서 그래요. 우리 엄마는 요리를 잘 했거든요. 그래서 아빠 회사 직원들이 우리 집에 초대받으면 좋아했어요."

　허둥대는 건 새엄마가 될 그녀뿐이다. 그녀는 포도주의 맛도, 음식의 맛도 느낄 수가 없다. 그녀는 앞으로 그들 식탁에 올려야 할 많고 많은 음식들에 대해, 그리고 그 음식을 놓고 비평을 해댈 계집애와 그 계집애에 동조할 남자에 대해 생각하고 풀이 죽는다. 그녀는 그녀에 대한 딸의 적의를 눈치채지 못하고 귀엽다는 듯 웃고만 있는 남자가 낯설다. 그런 낯설음은 앞으로 살아가면서 수백 번, 수천 번, 아니 수억 번 느껴야 할 것인지도 모른다. 그녀는 어른인 자신이 조그만 계집애에게 휘둘린다는 사실에 부끄러움을 느끼고, 남자와 딸에게 소외감을 느끼고, 이래저래 화가 난다. 사랑하는 남자를 공유하는 건 싫다. 비록 대상이 남자의 어린 딸이라 할지라도. 그렇기 때문에 그 남자의 딸하고 자신은 전쟁을 치를 수밖에 없고, 자신은 그 싸움에서 기필코 이겨야만 한다. 그건 생존을 건 피 터지는 싸움이 될 것이다. 그 비단 옷엔 그날 밤의 그런 전의가 체취가 되어 남아 있을 것이다.

"너를 처음 본 날 난 그 옷을 입고 있었어."

"생각나요. 어깨선에서 끝난 넥 라인 위로 뻗은 긴 목이 생각나요. 시간이 흐르고 나서야 인정했지만 엄마는 그날 독특했어요. 더럽게 예뻤다구요."

"너처럼 독특했을라구."

엄마의 말에 딸이 배를 잡고 웃는다.

엄마는 비단 투피스가 시집갈 때 혼수품으로 갖고 갔던 이부자리 겉감이었다는 걸 딸에게 얘기해준다. 딸은 비단 투피스를 입고 거울 앞에 선다. 그 옷을 입고 거울 앞에 서 있으니 여러 가지 풍경이 스쳐간다. 커다란 대청마루에서 혼수 이불을 만들기 위해 목화솜을 두면서 걸쭉한 농담을 하고 있는 여인네들의 모습도 지나가고, 사랑채에서 묵은 옛 편지들을 정리하다가 대청마루에서 들려오는 여인네들의 걸쭉한 농담에 얼굴 붉히는 처녀의 모습도 보인다. 또 커다란 침대에 홀로 누워 눈물짓고 있는 새댁의 모습도 보이고, 이부자리를 싣고 친정으로 돌아오는 고개 떨군 여자의 모습도 보인다.

딸은 숙연해진다. 그 옷에는 마력 같은 것이 있어서 그 옷을 입은 여자한테는 극적인 사건이 일어날 것 같은 기분이 든다. 한편으론 그런 생각이 그녀를 짜릿하게 만든다. 돌아오는 토요일 저녁에는 그 옷을 입고 그 남자의 레스토랑에 갈 것이다. 그러면 옷에 있는 마술의 힘이 자신과 그 남자를 붙잡아맬 것이다. 그게 사랑일 수 있을 것이다. 파국으로 끝날 불같은 사랑이어도 상관없다. 자신은 인식하지 못하고 있지만 딸에게는 아주 오랫동안, 어쩌면 전 생을 통해 기다려 왔을지도 모를 로맨스가 있다. 그 로맨스는 기다림의 시간이 긴 만큼 폭력적으로 변해서 정상적인 출구를 찾으려 하지 않을지도 모른다.

딸은 그 남자의 시선이 되어 자신의 모습을 살펴본다. 비단 투피스와 긴 머리는 어울리지 않는 것 같다. 그녀는 두 손으로 머리를 틀어올려본다. 목덜미가 상큼하게 드러나자 훨씬 성숙해 보인다. 수줍은 듯 귀밑으로 드러난 목덜미가 그녀의 시선을 끈다. 귀밑으로 드러난 하얀 목덜미를 그 남자가 덥숙 깨문다. 딸은 아찔한 현기증을 느낀다. 엄마는 딸의 모습에서 딸이 누군가를 사랑하고 있음을 눈치챈다.

"너 누구 좋아하고 있지?"

"좋아하는지는 모르겠어요. 하지만 그 남자를 매혹시키고 싶기는 해요."

"그렇다면 그 옷은 입지 말아라."

엄마는 비단 투피스를 입고 있는 딸을 바라보며 충고한다.

"왜요 엄마?"

"아무튼 그 옷은 복을 가져다주지 못해."

"엄마는 아빠하고의 만남도 실패했다고 생각하는 거예요?"

딸의 물음에 엄마는 침묵한다.

엄마는 딸을 위해 손수 옷을 고르기 시작한다. 몇 년 전까지만 해도 딸에게 어른스러웠던 옷들이 이제 제법 어울린다. 그런 옷들은 상대적으로 자신한테는 젊어 보여 어색할 것이다. 그녀는 그런 옷들을 한쪽으로 빼 놓는다. 옷장에서 옷이 하나씩 빠져나올 때마다 그녀는 옷에 얽힌 옛일들을 떠올린다. 신혼여행을 갔던 눈 덮인 삿포로의 한적한 온천장이 생각나고, 만리포에 갔던 어느 무덥던 해의 여름날이 생각나고, 누군가 기억이 희미한 사람들의 결혼식 같은 것들이 생각난다. 그런 기억이 있는 옷들을 끄집어낼 때마다 세월의 한 토막씩이 쪼개져나가는 듯 허전해진다.

엄마가 추려내는 옷을 딸은 거울 앞에 서서 하나씩 입어본다. 거울 속으로 다크 브라운의 쪽마루와 그 위에 어지러이 널려진 옷들, 그리고 생각에 잠긴 표정으로 옷을 하나씩 빼 보고 있는 엄마 모습이 보인다. 그런 엄마의 모습은 지나온 세월을 재고정리 하고 있는 것 같다. '엄마는 행복했을까?' 딸은 궁금해진다. 재혼해서 남의 자식을, 그것도 자기처럼 당돌한 전실 자식을 키운 엄마는 바보다. 그녀는 새엄마와 살면서 자신은 절대로 애 딸린 남자 같은 건 상종도 하지 않겠다고 다짐했었다. '그래도 혹시 엄마는 행복하지 않았을까?' 딸은 자꾸 엄마에게 묻고 싶다.

딸은 그 남자가 하는 레스토랑에서 팔딱팔딱 뛰던 계집아이를 떠올린다. 화분을 손질하던 남자가 가끔씩 그 계집아이에게 경고를 한다. 그때마다 계집아이는 잠시 의자에 앉아 있다가는 다시 일어나 팔짝팔짝 뛴다. '손님으로 온 아이인가?' 딸은 그 계집아이의 존재가 궁금하다. 계집아이가 말을 듣지 않자 그 남자는 아이의 손목을 잡고 나가버린다. 그리고 그녀가 일어설 때까지 돌아오지 않는다.

"여기서 팔딱팔딱 뛰던 계집애는 누구예요?"

계산을 하면서 딸이 종업원에게 묻는다.

"사장님 딸이에요."

딸은 종업원에게 왜 엄마가 애를 보지 않느냐고 묻지 않는다. 그런 우회적인 질문으로 그가 유부남인지, 상처한 남자인지 알아낼 필요가 도대체 왜 있는가? 어차피 그는 자격을 상실한 남자인데. 관심을 기울일 대상이 못 되는데.

딸의 눈에는 레스토랑에서 팔딱팔딱 뛰던 계집아이 모습이 계속 맴돈다. 레스토랑에서 그 계집아이는 유난히 딸의 눈길을 끌었다. 그래! 그 계집아이는 기다란 리본이 달린 노란 모자를 쓰고 있었어. 그 모자 때문에 팔딱팔딱 뛰었던 거야.

엄마가 외출했을 때 딸은 엄마 방으로 들어가 본다. 침실 옆에 드레스 룸이 붙어 있다. 다크 브라운 쪽마루가 깔리고 베고니아가 놓인 들창이 있는 그 방, 방 전체와 대화라도 나누듯 삐딱한 삼각구도로 마주 서 있는 그녀 키보다도 높은 거울이 있는 그 방이 그녀는 좋다. 그 거울 모서리엔 모자들이 데코레이션 해놓은 것처럼 걸려 있다. 그 방에선 거울과 모자와, 커튼과 베고니아와, 옷장의 옷들과 쪽마루들이 은밀하게 속삭이고 있는 것 같다. 그 방엔 뭐라고 설명할 수 없는 아늑함이 있다.

그녀는 거울 모서리에 걸려 있는 모자들을 써본다. 그녀는 모자를 썼을 때 변신하는 자신의 모습이 흥미롭다. 조그만 모자 하나로 그녀는 특별해진다. 모자라는 장식품은 다른 것들과는 비교할 수 없을 만큼 극적인 변화를 가져다준다. 챙이 좁은 초록색 펠트 모자를 쓰면 깜짝 놀랄만한 리듬감이 몸을 타고 흐른다. 그녀는 탭댄스 추는 여자처럼 발을 굴러본다. 수렵 모자를 쓰고 밀림을 누비듯 옷 사이를 헤치고 다녀도 본다. 공작털이 달린 벨벳 모자를 쓰면 무도회장에 나타난 귀부인처럼 왈츠를 추고 싶다.

모자들은 그녀를 꿈꾸게 만든다. 그녀는 모자를 쓰고 자신 속의 여자와 만난다. 그 여자는 섹시하고 로맨틱하며 모든 남자들의 우상이다. 많은 남자들이 그녀 앞에 무릎을 꿇을 것이다. 모자를 쓰면 춤을 추게 된다. 모자를 쓰면 꿈을 꾸게 된다.

거울 모서리에는 아직도 초록색 펠트 모자가 걸려 있다. 그녀는 그 모자를 끄집어내려 머리에 써본다. 거울 속으로 펠트 모자를 쓰고 탭댄스를 추는 소녀가 스쳐간다. 다시 그 위로 수없이 많은 과거 속의 그녀들이 오버랩 된다. 그들 모두가 초록색 펠트 모자를 쓰고 거울 앞에 서 있다. 그리고 그 위로 레스토랑에서 팔딱팔딱 뛰던 계집아이가 오버랩 된다.

"그 모자는 너에게 아주 잘 어울리는구나. 이제 네가 가지렴."

딸은 다가오는 토요일 저녁에 그 펠트 모자를 쓰기로 작정한다. 그리고 엄마에게 모자에 맞는 옷을 찾아달라고 부탁한다. 엄마는 딸의 초록색 펠트 모자에 맞춰 회색 원피스와 노란색 머플러를 골라준다. 그러한 색깔의 배합이 딸이 갖고 있는 상큼한 분위기를 잘 살려내고 있다.

"엄마는 내가 어렴풋이 원하고 있는 걸 정확하게 알아맞춰요."

"색깔의 톤을 맞추면 죽은 옷이 되지. 특히 젊은 사람들에겐. 난 세련된 옷차림을 하고 있는 게 보기 싫어."

"그럼 엄마는 어떤 차림을 좋아하세요?"

"난 멋쟁이라든가 세련됐다거나 하는 말을 듣는 게 싫어. 그런 것보다는 감각적이라든가, 분위기가 있다는 말이 훨씬 좋지. 그리고 새 옷만 좋아하는 사람도 싫어. 그 사람을 특징적으로 만드는 트레이드마크 같은 옷들이 있잖아? 그 옷을 입고 있는 걸 보면 그 사람과 옷이 하나인 것 같이 느껴지고, 그 옷을 통해 추억을 끄집어낼 수 있는…… 그런 낡은 옷들을 많이 갖고 있는 사람이 좋아.

옷을 잘 입은 사람을 보는 건 큰 기쁨이야. 이번에 미국에 갔을 때 카페에서 커피를 마시며 얘기를 하고 있는 두 여자를 보았어. 두 여자는 모두 검정색으로 몸을 감싸고 있었어. 한 여자는 검정 벨벳 원피스 코트를 입고, 검정 비단 양산을 지팡이처럼 짚고 있었어. 다른 여자는 검정색의 챙이 넓은 모자와 검정 부츠를 신고 있었어. 두 여자의 옷은 발목까지 치렁거렸고, 올드 패션의 낡은 거였어. 두 여자는 마치 옛날 영화를 찍다가 살짝 빠져나온 여자들 같았어. 그녀들은 커피를 앞에 놓고 마주 앉아 있었는데, 그 두 여자를 감싸고 있는 말로 표현 못할 묘한 분위기가 있었어. 시간의 빛이 그녀들 주위에서 굴절되고 있어서, 그녀들과 다른 사람들이 속한 세계의 경계를 긋고 있는 것 같은 것인데, 시간을 건너뛰는 영원한 아름다움 같은 거라고나 할까? 아니면 쉽게 사라져버리는 찰나적인 아름다움이라고나 할까? 아무튼 그건 여성적인 아름다움이라고 할 수 있는데, 대상은 바뀌어도 영원히 남는 아름다움의 본질을 보는 것 같은 느낌이었어. 그건 그 여자들이 그런 차림으로 있었기에 느낄 수 있었던 거야.

옷은 자기 속에 있는 가장 아름다운 자신과 만나기 위한 장치야. 아름다운 나와 만나기 위해선 긴장을 해야 하고, 긴장을 하기 위해 옷이 필요하단다. 생일, 결혼기념일, 크리스마스, 발렌타인 데이, 그리고 이런저런 모임날이 되면 며칠 전부터 마사지를 하고, 당일이 되면 아침부터 정성스레 목욕을 하고, 머리를 손질하고 잘 세탁된 옷들을 꺼내 입지. 마음에 흡족한 내 모습이 됐을 때의 기분은 예술가가 무대에 섰을 때 느끼는 흥분을 닮았을 거야."

딸은 아빠와 같이 살던 때의 엄마가 그러한 날들에 아름답게 변신하는 모습들을 떠올려본다.

"그런데 엄마는 아빠가 돌아가신 후론 아름답게 꾸미지 않는 걸요. 엄마가 성장한 모습을 본 지 꽤 오래 된 것 같아요. 왜 여자는 남자와 사랑에 빠졌거나, 막연히 연애감정을 느끼거나, 뭐 그렇게 남자를 염두에 두었을 때만 아름답게 꾸미는 거지요?"

"글쎄……."

엄마는 막 옷걸이에서 꺼낸 비둘기색 캐시미어 니트 원피스에 정신이 팔려 있다. 그건 평생 단 한 번밖에 입지 않은 것인데, 남편이 영국 출장길에 그녀의 생일 선물로 사온 옷이다.

그녀는 비둘기색 캐시미어 니트 원피스를 입고, 새 깃털로 장식된 비둘기색 모자를 쓰고 남편의 회사로 가고 있다. 그날은 그녀의 생일이다. 몸에 닿는 니트 원피스의 감촉은 감미롭고, 그녀의 발걸음은 비둘기처럼 가볍다. 남편은 백화점에서 스코틀랜드산 캐시미어 제품을 파는 상점으로 들어가 그 옷을 보았고, 만지는 순간 그 부드러운 감촉 때문에 흥분했다면서, 그 옷을 입은 그녀를 통째로 안고 싶다고 했었다. 남편의 회사로 가는 그녀는 자꾸만 배시시 웃는다.

비서실은 비어 있다, 오피스도 비어 있다. 남편의 양복 웃옷이 옷걸이에 걸려 있고, 책상 위는 펼쳐놓은 서류들로 어수선해 금방 사람이 앉아 있었다는 걸 얘기해 주고 있다. 순간 그녀는 남편을 놀래켜줄 생각을 하고 책상 곁에 있는 두 쪽짜리 병풍 뒤로 몸을 숨긴다. 남편이 들어와 책상 앞에 앉는다. 남편은 그녀의 존재를 눈치채지 못하고 서류 같은 걸 들여다보고 있다. 그녀는 웃음이 터질 것 같고 몸이 근질근질거리는 것 같아 오래 숨어 있지 못할 것 같다. 막 병풍에서 나오려는데 남편이 어딘가로 전화를 걸고 있다.

"별 일 없어?"

남편은 누군가에게 은근한 음성으로 묻고 있다. 그 은근한 어조는 분명히 사적인 것이다. 그건 남편이 회사에서 그녀에게 전화를 걸 때와 똑같은 어조이다.

"저녁 준비하지 말라고 그랬잖아. 힘들게 그런 짓은 왜 해."

남편의 어조는 여전히 은밀하다.

"나도 그래. 이번 겨울에는 삿포로의 온천장이나 가자. 너와 온천장의 여관방 창문에 서서 눈내리는 걸 보고 싶어. 난 너의 뒤에서 너의 따스한 가슴을 만지고 있을 거야. 그렇게 하고 차가운 눈이 내리는 풍경을 보고 싶어."

그녀는 남편과 신혼여행을 갔던 삿포로를 떠올린다. 온천장 여관방의 김 서린 창가에 서서 그들은 눈이 내리는 풍경을 바라보았다. 그때 남편은 그녀의 뒤에서 그녀를 안고 기모노 속으로 손을 집어넣어 그녀의 가슴을 만지작거리며 '따뜻해서 좋아. 따뜻해서 좋아'라고 속삭였다. 더 이상 오가는 얘기를 그녀는 감당할 자신이 없다. 돌이킬 수 없는 충격적인 얘기가 나올까 두려워 그녀는 병풍 뒤에서 뛰쳐나온다. 남편이 깜짝 놀라 그녀를 바라본다.

"이 나쁜 놈!"

그녀는 있는 힘을 다해 남편의 따귀를 갈긴다. 그녀의 반지가 남편의 콧등을 치는 바람에 남편이 신음을 지른다. 그녀의 절규가 뒤따른다.

"당신이 이럴 수 있어? 당신이 이럴 수 있어? 너는 도대체 누구니? 도대체 너는 어떤 놈이니? 니가 나의 가슴에 이렇게 못을 박는구나!"

우아한 그녀가 오피스 바닥으로 쓰러져 내리며 천박하게 통곡을 한다. 그녀의 울음소리가 하도 처절해 남편은 하얗게 질린 얼굴로 어떻게 할 줄을 모른다. 통곡 소리를 들은 여비서가 놀라서 뛰어 들어온다. 남편은 여비서에게 나가 있으라고 조용히 말한다. 혹독한 시간들이 흘러간다. 그녀는 남편을 사랑한 만큼의 형벌을 치르고 있다. 그녀의 발작적인 질책과 심문 그리고 갑작스런 울음을 남편은 인내심 있게 견뎌낸다. 남편은 아내에게 평소보다 열 배는 더 잘한다. 하지만 믿음이란 값진 도자기 같아서 한 번 금이 가면 가치를 잃고 만다. 믿음이란 기반이라서 그게 깨지면 모든 것이 흔들리게 마련이다. 그녀의 내면에서 하루에도 수십 번씩 지진이 인다. 추억의 선반에 차곡차곡 쌓아놓았던 아름다운 기억들이 엉키고, 떨어져 내리고, 더러는 깨지기도 한다. 그녀의 상처받은 영혼은 치유방법을 찾지 못하고 지옥에서 방황한다. 이제 그녀는 남편의 모든 것을 의심한다.

신정에 회사 직원들이 집으로 세배를 온다. 직원들을 접대하던 그녀가 여비서의 핸드백을 보는 순간 이성을 잃어버린다. 그 핸드백은 남편이 외국 출장길에 사다 준 그녀의 것과 똑같은 것이다. 직원들이 돌아간 뒤 그녀의 심문이 시작된다. 남편은 똑같은 걸 두 개 사서 그녀에게 하나 주고 여비서에게 줬다고 설명한다. 그녀는 그 여비서와 어떤 관계냐고 남편에게 따지고 든다. 이제 더 이상 참을 수 없다고 처음으로 남편이 그녀에게 화를 낸다. 풀이 죽은 그녀는 남편 말을 인정하더라도 그건 너무 서운한 일이라고 말한다. 어떻게 그녀의 것과 여비서의 것을 똑같이 생각할 수 있냐고, 그녀의 것은 더 특별한 것이어야 하지 않느냐고 항변한다. 그리고 그 동안 남편이 사다 준 모든 것들을 열거하며 그것들도 다른 여자들에게 똑같이 사줬냐고 따진다. 비둘기색 원피스도 사다주면서 통째로 껴안고 싶다고 그랬냐고 따진다. 남편은 그녀를 무시한다. 남편에게 더 이상 특별한 여자가 아니라는 생각이 그녀가 지닌 독특한 빛을 뺏어간다. 무엇보다 힘든 건 남편에 집착하는 자신에 대한 혐오감이다. 그때부터 그녀는 그녀의 언니들이 있는 밀라노와 샌프란시스코에 들락거리기 시작한다.

　밝은 햇살과 파란 물, 피자와 에스프레소 냄새가 향기로운 거리들, 케이블카가 딸랑거리며 달리는 언덕길, 거리의 악사와 춤꾼들, 오래된 폐허를 내다보며 먹는 블랙퍼스트……. 그 모든 것들은 그녀에게 도움이 된다. 그녀는 무작정 걷다가 기분 내키는 레스토랑에 들어가기도 하고, 일요 장에 가서 싱싱한 과일을 사기도 하고, 바다를 끼고 도는 하이웨이를 달리기도 한다. 그러면서 그녀는 남편에 대한 자신의 사랑을 거두기로 결심한다.

　그녀는 비둘기색 캐시미어 니트 원피스를 바라본다. 그 옷을 입었던 날 자신은 아름다웠었다. 그 모습을 남편에게 보여주고 싶은 마음에 종종걸음 쳐 오피스로 들어서던 자신은 얼마나 행복했던가?

　원피스를 만지작거리는 엄마를 딸이 바라본다.

　"엄마는 왜 그 옷을 입지 않아요?"

　"옷들도 그들을 위해 가장 완벽한 한순간이 있는 거란다. 날씨라던가, 사람이라던가, 음악이나 음식 같은 것들과 조화되는 특별한 한 순간 말야. 아니면 어떤 사건이라고도 할 수 있겠지. 옷 중엔 특별한 옷들이 있어서 어떤 날들에 대한 기억을 되새겨 주지. 평소에 입으면 그 특별한 날의 의미가 퇴색할까봐 걱정스럽게 만드는 옷이 있고, 그 특별한 날의 기억을 잊고 싶어 입지 않는 옷이 있지. 항상 특별한 날이 될 수 없기 때문에 그런 날을 위해 옷들이 평소에 긴장을 풀고 있는 거란다."

딸은 엄마의 말을 너무도 잘 이해한다. 딸은 엄마가 그 원피스를 입었던 날을 선명히 기억하고 있다. 한껏 들떠서 나갔던 엄마가 예상 외로 일찍, 그것도 아빠의 부축을 받으며 들어온다. 눈은 퉁퉁 부어 있고, 올려붙인 머리는 흘러내리고, 몸을 가누지 못해 팔과 다리가 흐느적거린다. 엄마의 음성은 잔뜩 쉬어 있다.

엄마를 침대에 뉘이고 거실로 나온 아빠를 딸이 쳐다본다.

"그 여자 들켰지요?"

아빠는 침통한 얼굴로 고개를 끄덕거린다.

"어쩌다가……"

딸은 말을 잇지 못한다. 안에서 엄마 울음소리가 들려온다. 엄마의 울음소리를 들으며 아빠와 앉아 있는 딸은 몹시 거북스럽다. 마치 그녀와 아빠가 공모하여 엄마를 지옥의 구렁텅이 속으로 빠뜨린 것 같다.

친구와 같이 간 레스토랑에서 딸은 우연히 그 여자를 본다. 그 여자는 아빠와 포도주 잔을 마주치고 있다. 그들은 누가 보더라도 불륜을 저지르는 관계로 보인다. 처음에 딸은 충격을 받는다. 그러나 곧 딸의 얼굴에 회심의 미소가 어린다. 딸은 그 모습을 보고 있는 엄마를 상상하고 있다. 이미 그들의 관계를 인정한 딸이 그들에게 다가간다. 처음에 난처해하던 아빠가 곧 딸의 마음을 읽는다. 아빠는 태연하게 그 여자와 딸을 소개시

킨다. 그 여자는 그녀와 같은 연배로 보인다. 아빠가 잠시 자리를 뜬 사이 딸은 그 여자를 노려보며 묻는다.

"너 우리 아빠와 만나는 이유가 뭐야?"

"돈 때문이야."

그 여자도 딸을 마주 노려보면서 주저함이 없이 대답한다. 딸이 픽 웃는다.

딸은 그 여자와 단 둘이서만 다섯 번 만났다. 모두 그 여자가 먼저 만나자고 해서였다. 첫 번째 만나서는 술을 마셨다. 두 번째는 영화를 봤다. 세 번째는 그 여자의 아파트에 갔다. 그 아파트에는 아빠의 체취가 스며 있었으며, 옷장에는 유명 브랜드의 옷이 그득했다. 그 여자는 친칠라 코트를 벗어 옷장 바닥에 아무렇게나 집어던졌다. 딸은 그 순간 엄마의 소박한 옷장을 떠올렸다. 그 여자를 만나면서 처음으로 딸은 엄마에게 죄의식을 느꼈다. 다섯 번째 만난 날 그 여자가 딸에게 아빠를 사랑한다고 말했다. 그 이후 딸은 그 여자를 만나지 않았다.

그녀는 흰 장미를 한 아름 사다가 엄마가 잘 앉곤 하는 거실 테이블에 꽂는다. 엄마는 멍청히 정원만 바라볼 뿐 딸이 사다 꽂은 장미에는 관심도 없다. 그녀는 엄마와 이런저런 얘기를 나누고 싶다. 그 여자는 엄마가 지닌 아름다움을 도저히 흉내도 낼 수 없는 천박한 애라는 얘기도 하고 싶고, 아빠가 사랑하는 건 오로지 엄마뿐이라는 말도 해주고 싶다. 아빠가 그런 말을 하진 않았지만 그건 알 수 있을 것 같다. 하지만 오랫동안 친근한 대화를 해오지 않았기 때문에 용기가 나지 않는다. 딸은 끝내 그런 얘기를 해주지 못한다.

딸은 비둘기색 원피스를 만지작거리는 엄마를 보며 늦었지만 지금 말하지 않으면 또 기회를 놓칠 수 있다는 생각을 한다. 딸은 오래 전에 어색해서 하지 못했던 말을 하기 위해 입을 연다.

"엄마. 아빠는 이 세상의 어떤 여자보다도 엄마를 사랑했어요. 그건 맹세코 사실이에요."

엄마는 딸을 바라본다.

그날 평소처럼 출근한 남편은 다신 집으로 돌아오지 못했다. 그가 가꾸던 화초들에 다시 꽃가위를 대보지 못하고, 오랫동안 모아온 레코드를 다신 틀어보지 못했다. 그녀는 집안 청소를 하고, 세탁기를 돌려 빤 옷들을 널어놓고 쉬던 참이었다. 남편의 여비서가 전화를 해서 남편이 교통사고를 당해 병원에 있다고 알려주었다. 그녀가 병원에 도착했을 때 남편은 이미 숨이 끊어져 있었다.

그녀는 남편을 도저히 용서할 수가 없다. 남편이 그녀가 용서해줄 날을 기다리지 않고 가버렸기에, 남편이 그녀가 그에 대한 사랑을 회복하기 전에 가버렸기에 용서할 수 없다. 아니 그건 거짓말이다. 사랑을 회복할 필요는 없다. 그녀 자신도 미처 몰랐지만 그녀는 남편을 사랑하지 않은 적이 한 순간도 없었다. 그녀의 과거는 남편과 함께한 시간이고, 그녀가 살아온 세월은 남편을 사랑한 시간들이다.

엄마는 딸을 바라본다. 딸은 아빠가 이 세상에서 누구보다 엄마를 사랑했다고 말하고 있다.

"아빠가 너한테 그렇게 말했니?"

"네. 분명히 그렇게 말씀하셨어요. 그런 일이 있고 엄마가 힘들어할 때 그렇게 말씀하셨어요."

남편이 세상을 떠나고 나서 그녀는 꿈속에서 자주 달린다. 때로는 병원을 향해 달리기도 하고, 때로는 어딘지 모를 곳을 향해 달려간다. 그녀는 남편에게 묻고 싶은 것이 있다. 남편이 숨을 거두기 전에 꼭 들어야 하는 말이 있다. 그걸 묻기 위해 그녀는 달려간다. 그러나 남편이 있는 곳으로 가기 전에 늘 깨곤 한다. 그녀는 남편에게 이 세상에서 가장 사랑한 여자는 누구였냐고 묻고 싶다. 그 대답은 사람이 가장 솔직해지는 죽는 순간에 들어야만 했다. 남편으로부터 그녀를 제일 사랑했다는 그 말 한 마디만 들었어도 가슴 속의 회한이 덜어질 수 있었을 것이다. 그 말 한 마디가 지나온 세월을 보상할 수 있었을 것이다. 그 말 한 마디만 들었어도 이렇게 허탈하지는 않았을 것이다. 그런데 남편으로부터 확인받지 못한 그 말을 딸이 대신 전해주고 있다. 그 말은 그녀가 이 세상의 어떤 것보다도 듣기 원하는 말이다.

엄마는 눈가에 맺히는 눈물을 보일까 두려워 시선을 돌린다. 들창 밖으로 초록의 잔디와 싱싱한 꽃나무들이 내다보인다. 하늘은 슬프도록 티 한 점 없이 맑고 나뭇가지에는 부드러운 미풍이 일고 있다. 나뭇가지에서 노닥거리던 미풍이 들창으로 다가와 아이보리색 커튼을 희롱한다. 안타까운 무엇인가가 내면에 차 올라와 그녀 안에서는 소리 없는 아우성이 터져 나온다.

그녀는 초록 잔디밭을 바라본다. 그곳에서 남편이 퍼팅 연습을 하고 있다. 그가 연습을 하다 그녀를 바라보고 손을 흔든다. 장미향을 실은 바람이 들창으로 넘어 들어와 그녀 몸을 더듬는다. 남편이, 남편의 몸이 미치도록 그립다.

그녀는 하루 종일 섹스만 생각한다. 남편을 만나기 전에는 그렇지 않았다. 그녀는 자신이 돌았나 걱정이 된다. 하지만 남편하고의 관계에서 자극받은 몸뚱이는 저릿거리는 쾌감의 늪에서 빠져나올 생각을 하지 않는다. 남편은 기가 막히다.

백화점에 가면 속옷 파는 가게에서 눈을 뗄 수가 없다. 남편을 매혹시킬 만한 속옷이나 나이트가운을 보면 다리가 후들거려 주저앉을 것 같다.

딸은 무서운 꿈을 꾸거나, 천둥이 친다거나 하는 핑계를 대면서 그들이 있는 침실로 온다. 그날도 딸은 무서운 꿈을 꾸었다면서 그들의 침실로 들어온다. 낮에 백화점에 들렀다 참을 수 없는 충동 때문에 산 속옷을 입은 그녀는 베개를 들고 들어온 딸에게 참을 수 없는 분노를 느낀다. 엄마는 드레스 룸으로 들어와 문을 꼭 걸어 잠근다. 그 집의 주인은 그녀가 아니라 어린 딸이다. 그 맹랑한 어린것은 침실까지 마음대로 드나든다.

딸의 그런 행동을 묵인하는 아빠는 더 한심하다. 그 한심한 남자를 믿고 살아야 할 것인가?

그녀는 그 집에서 그들의 침입을 막을 수 있는 유일한 공간인 드레스 룸을 둘러본다. 구석에 거울이 있다. 거울은 그녀의 속마음을 헤아리는 충실한 친구 같은 태도로 버티고 서 있다. 그 거울 속에 있는 여자는 결혼에 대한 회의 때문에 불행해 보인다. 첫 번째는 자식을 낳지 못해 실패했는데, 두 번째는 전실 자식 때문에 실패할 것 같다.

남편이 가만히 문을 흔든다. 그녀가 열어주지 않자 키를 찾아 문을 열고 들어온다.

"이렇게 섹시한 여자가 불행한 모습으로 앉아 있는 건 어울리지 않아."

남편이 그녀에게 달려들면서 속삭인다.

"당신을 안고 싶어서 참느라고 혼났어. 저것은 정말 애물단지야."

남편은 야수처럼 그녀에게 덤벼든다. 그녀의 머리가 쪽마루에 부딪는다. 예기치 못한 장소와 상황에서 치러지는 섹스는 자극적이고 격렬하다.

"거울을 봐. 그 속에 있는 당신이 얼마나 아름다운지 봐. 나한테 사랑받고 있는 당신 모습이 얼마나 눈부신지 봐."

남편의 말에 그녀가 수줍은 얼굴로 거울을 돌아본다. 거울속에 한 덩어리로 엉켜 있는 남녀가 있다. 헝클어진 머리카락

속에서 눈을 빛내고 있는 여자는 조금 전에 불행해 하던 여자와 다른 여자다. 소나기 같은 사랑의 말과 사랑의 분비물을 남기고 남편이 나간 후에도 그녀는 멍하니 누워 있다. 하늘엔 노란 달이 떠 있고, 어디선가 장미향이 스며들어온다. 그녀는 행복한 건지 불행한 건지 알 수가 없다. 단지 그녀가 알 수 있는 건 자신이 그 집을 떠나지 못하리라는 사실이다.

엄마는 들고 있던 비둘기색 원피스를 다시 걸어놓는다. 왠지 모르지만 그 옷은 치워버리고 싶지 않다.

"여자의 옷차림을 볼 줄 아는 남자는 바람둥이야. 넌 그런 남자 만나지 말아라."

엄마는 한숨처럼 말한다. 딸은 엄마의 말을 건성으로 듣는다. 그녀는 선반 위에서 옛날 스타일의 악어백을 보고 토요일 저녁 레스토랑에 갈 때 들면 어떨까 하고 생각하고 있는 중이다.

갑자기 거세진 바람이 커튼을 말아 올리며 밀려들어오자 갸우뚱 서 있던 거울이 뒤로 발랑 나자빠진다. 그 바람에 다크 브라운 쪽마루와 어지러이 늘어진 옷가지들, 그리고 그 속에서 옷을 입고 있던 두 여자의 모습이 거울 속에서 사라진다. 이제 풍경이 사라진 공간에 목소리들만 남는다.

"폭풍이 불려나 봐요. 들창문을 닫아야겠어요."

딸의 목소리가 들린다.

"나무못이 헐거워져 거울이 자꾸 자빠지는구나. 하긴 이것도 오래 됐으니 이젠 앤틱이지."

엄마의 목소리가 들린다. 그녀는 고물이라고 하지 않고 앤틱
이라고 말한다. 그녀의 말에서는 사랑이 느껴진다.

무도회의 수첩

수지는 그날 오후 내내 그녀를 열중하게 했던
흥분 상태에서 벗어나면서 갑자기 서글픈 생각이 들었다.
그들은 불빛이 반짝이고 있는 맞은편 미세스 퐁네 정원을 바라보았다.
누군가가 음악을 틀었다. 베니 굿맨 빅밴드의 스윙이었다.
젊은 애들은 흥미 없는 듯 한쪽 구석에 몰려 자기들끼리 떠들어 댔고,
올드 타이머들은 감미로운 스윙에 맞춰 빙빙 돌기 시작했다.

"내 사랑 수지, 일어나요."

수지는 무거운 눈꺼풀을 억지로 들어올렸다. 그러나 바람에 팔랑대는 흰 레이스 커튼이 천장과 벽에 흩뿌리는 잔물결을 바라보던 눈이 다시 스르르 감겨버렸다.

"잠꾸러기."

다시 눈을 뜨니 바로 위에서 그녀를 내려다보고 있는 상민의 눈이 있었다. 그 뒤로 여름을 알리는 투명한 하늘과 아담한 호수가 하나 가득…… 그녀는 눈물이 맺혀 있는 상민의 눈을 바라보다가 또 다시 사르르 눈을 감았다.

"당신은 백장미 즙에 목욕하고 나온 선녀 같아. 당신을 그려 야겠어."

따르릉! 따르릉! 따르릉!

전화벨이 긴박하게 울어대면서 수지의 잠을 몰아냈다. 그녀는 주위를 살피며 상민을 찾다가 꿈이었다는 걸 알아챘다. 상민의 부드러운 음성과 몸의 감촉은 여름날의 소나기처럼 생생했다. 그녀는 오랜만에 젖어 있는 아랫도리와 뻐근한 아랫배를 느꼈다. 상민이 그녀의 꿈에 나타난 것은, 더구나 성적인 꿈을 꾸는 것은, 정말 오랜만이었다.

따르릉 따르릉.

전화벨이 계속 울려댔다. 그녀는 애써 몸을 일으켰다. 하지만 몸은 물에 빠진 스펀지처럼 무거워, 관절염을 앓는 다리가 침대에서 빠져나왔을 때는 이미 전화벨 소리는 끊겨져 있었다.

"누굴까?"

그녀는 침대에 걸터앉은 채로 중얼거렸다. 그녀의 전화벨은 아주 드물게 울렸으며 그나마 전화회사에서 자사의 서비스를 이용하라는 홍보 전화나 무슨 자선단체에 헌금하라는 등의 귀찮은 내용이 대부분이었다.

침대에서 내려서던 그녀는 발에 밟히는 신문지의 감촉을 느꼈다. 그녀는 신문지를 집어들었다. 그 도시에 있는 전시, 공연 관계 정보를 싣는 문화면에 상민의 전시회를 알리는 기사가 한 구석을 차지하고 있는 신문이었다. 상민은 전시회 때문에 지금 그곳에 와 있다. 그 기사를 읽고 잔 탓에 그런 꿈을 꾸었을지도 몰랐다.

그녀는 신문을 접어 침대 보조 테이블 위에 얌전히 올려놓고 호수 쪽으로 난 발코니로 다가갔다. 에메랄드를 녹인 것 같은 호수와, 첨탑 같은 지붕을 가진 집들이 늘어서 있는 풍경은, 수십 년 동안 그림엽서같이 한결같이 그 자리에 있었다.

커튼을 젖히려는데 마침 불어온 바람이 부챗살처럼 커튼을 활짝 펴놓았다. 커튼이 바람에 흔들리는 소리가 무언가를 그녀에게 상기시키려고 하다가 안타까움만 남기고서 스러져버렸다. 그녀는 안타까움의 형체를 잡으려는 듯 이맛살을 찌푸리고 서 있다가 포기하고 말았다.

호수 건너편에서 미세스 퐁이 자기 집 정원에서 중국 체조인 타이치를 하고 있는 걸 보았을 때 수지는 늦잠을 잔 것을 알았다. 미세스 퐁의 체조시간은 항상 정확했는데, 그 시간이면 앤지를 정원으로 데리고 나가 놀려야 했다. 그러고 보니 전화벨 소리는 기다리다 지친 앤지가 그녀를 깨우기 위해 낸 소리였다. 수지는 앤지가 있는 거실로 향했다.

"수지, 내 사랑 수지, 일어나요."

꿈속에서 들은 줄 알았던 상민의 음성이 거실에서 들려왔을 때 수지는 깜짝 놀랐다. 그 소리는 꿈속에서 난 것이 아니라 그녀가 잠결에 들은 앤지의 소리였던 것이다.

"쪽발이 같은 년."

다시 거실에서 '쪽'자를 잔뜩 강조한 할머니 음성이 들려왔다.

"그래, 그래."

수지는 걸음을 재촉했다. 앤지는 시간이 됐는데도 새장에서 꺼내주지 않는다고 화가 난 것이다. 수지는 거실 한쪽에 우뚝 서 있는 새장 앞으로 가서 새장을 덮고 있는 커다란 타월을 벗겨냈다. 앤지는 타월을 덮어주어야만 숙면을 했다.

"와아우!"

수지가 타월을 걷어내자 앤지가 기분이 좋은 듯 감탄사를 터뜨렸다. 앤지는 구관조인 아프리카 그레이로 회색 깃털에 빨간 꼬리털을 가진 새이다.

"내가 늦잠을 좀 잤다고 그렇게 욕까지 해야 되겠니?"

'쪽발이 같은 년'은 할머니가 자주 쓰던 욕이었다. 할머니는 앤지가 사물들의 소리나 가족들의 음성을 그대로 재현해낼 때마다 요물스럽다면서 그렇게 욕을 하곤 했는데, 앤지는 그 문장이 나쁜 기분을 표현한다는 걸 감지하고는 화가 날 때에 그 표현을 썼다. 할머니가 돌아가신 지 사십여 년이 흘렀는데도 지금까지도 앤지는 할머니의 음성을 그대로 재현하고 있었다. 아프리카 그레이는 구관조 중에서 가장 머리가 좋고, 소리를 재현하는 능력에서는 다른 것들과 비교할 수 없이 탁월했다.

"위 아 후렌드, 굿 후렌드, 훠레버 훠레버……."

앤지가 어릴 적의 수지 음성으로 재잘거리기 시작했다. 앤지는 발음이 어려운 한국말보다는 영어를 구사하기를 좋아했다. 수지가 다섯 살이 되던 날 아버지는 생일 선물로 그 새를 선물했다. 그러면서 그 새는 평균 수명이 칠십 년이나 되니까 일생

동안 친구로 지내라고 하셨다.

앤지는 열어젖힌 새장 문으로 걸어나와 새장 꼭대기를 딛고 서서 애무를 해달라는 듯 수지 쪽으로 머리를 들이밀었다. 수지가 머리를 쓰다듬자 앤지는 기분이 좋은지 사르르 눈을 감았다.

"앤지야, 오늘은 어쩐 일이야? 왜 갑자기 그 사람 생각이 난 거지? 우린 오랫동안 그 사람을 잊고 있었잖아."

앤지는 동물적인 본능으로 상민이 그 도시에 와 있는 걸 알아챈 것 같았다. 어쩌면 그런 앤지가 그녀보다 상민하고 한층 밀착돼 있을지도 몰랐다. 그녀와 상민과 앤지, 셋이서 살 때도 상민이 집에 들어오는 걸 먼저 알아채고는 그의 차 클랙슨 소리를 냈고, 자다가도 그가 들어오면 잠에서 깨어나 교태 섞인 날갯짓을 하곤 했다. 그래서 상민은 '당신보다 앤지가 나를 더 사랑해'라고 말하곤 했다.

"하긴 네가 사랑한 남자가 그 남자만은 아니지."

암컷인 앤지는 여자를 보면 사납게 깃털을 세우고, 남자를 보면 살랑살랑 날갯짓을 했다. 수지가 데리고 오는 남자들도 하나같이 다 앤지를 좋아했다. 상민 이전에 데리고 온 남자들도 좋아했고, 상민 이후에 데리고 온 남자들도 좋아했다. 수지는 새끼를 낳게 하려고 같은 아프리카 그레이 수컷과 짝을 지어주려고 하다가 번번이 실패했었다. 애완동물 상점 주인은 새는 처음 눈을 떴을 때 본 대상을 자신의 모습으로 생각하는 경향이 있는데 아무래도 앤지는 처음에 인간을 본 것 같다고 했다.

"너도 나를 닮아 꽤 바람둥이였어. 너도 기억나지? 그때 나를 따라다녔던 많은 남자들을 말야. 그런데 이제 그 기억들이 희미해져."

수지는 기억을 더듬듯 이맛살을 찌푸렸다. 초등학교 오학년 때 애들이 떠드는 소리가 아스라히 들려오는 어둑한 강당에서 그녀의 혀를 끄집어 내 집요하게 빨아대던 소년의 이름이 마이클이었는지 사이먼이었는지 잘 생각이 나지 않았다. 하지만 그때 혀가 빠질 듯한 아픔을 견디고 있었던 건 똑똑히 기억이 났다. 그녀는 소년이 그녀와 놀아주었기 때문에 그 시련을 견디고 있는 것이다.

"생각나니? 칭 칭 차이나 맨 고우 홈, 칭 칭 차이나 맨."

수지는 능청스럽게 눈을 감고 있는 앤지에게 물었다. 등하교하는 학생들은 그녀 집 앞을 지날 때마다 '칭 칭 차이나 맨 고우 홈'이라고 소리쳤고, 곧 앤지는 그 말을 배워 심심하면 그 말을 조잘대곤 했다. 1930년대의 미국 초등학교에서 동양인은 곧 중국인이었고, 또한 인간이 아니었기에 그녀를 상대해주는 그 소년이 요구하는 건 아무 것도 거절할 수 없었다.

고등학교에 들어가자 그녀는 스카치테이프를 이용해 쌍꺼풀을 만들고, 검고 윤기 도는 머리를 풍성하게 세트하거나, 가슴선이 드러나도록 맵시 있게 스웨터를 입는 일 등에 시간을 많이 보냈다. 그녀는 자신이 뛰어나게 예쁘다는 것과 그것이 두터운 백인의 벽을 뚫는 데 도움이 된다는 걸 알고 있었다.

"내가 너만 했을 때 난 학교에서 화장실을 쓰게 하는 것에 감사해 했어. 왜냐면 동양 사람들은 일단 자기 집을 벗어나면 화장실을 쓸 수 없었어. 그랬기에 외출할 땐 가급적 먹지도 마시지도 않았지. 극장에 가도 맨 뒷좌석에만 앉아야 했어. 키가 요렇게 작았는데 말야."

아버지는 손을 허리 근처로 올리고 물 위에 떠 있는 공을 누르듯 하면서 말씀하셨다.

"네가 슬프거나 불행하다고 생각될 때는 나보다 훨씬 좋은 시절에 산다는 걸 기억하거라."

아버지는 자랄수록 부모를 무시하고 행동이 방종해지는 수지를 보며 한숨을 쉬었다.

"마이클 다음에 제임스, 그 다음엔 마크, 토니, 조지, 그리고 리처드, 해리, 다음엔 누구니?"

다음엔 에드워드였을 걸? 수지는 고등학교를 졸업하고 나서 만났던 에드워드가 생각나자 얼굴을 찌푸렸다.

"너는 에드워드를 모를 거야. 우리 집에 딱 한 번 왔었으니까. 걔는 학교에서 여학생들에게 제일 인기 있었던 축구선수였어. 그때는 태평양 전쟁시여서 동양인들만 보면 일본인 취급을 하는 미국 사람들이 심심찮게 우리 집 유리창을 깨곤 했어. 우린 일본인이 아니라는 걸 표시하기 위해 대문에 태극기를 걸어

놓고 외출할 땐 가슴에 배지를 달았지. 그 암울한 시절에 학교에서 제일 인기 있었던 미국 남자에게 데이트 신청을 받은 난 하늘을 날듯이 기뻤어. 그날을 위해 다리를 면도했어, 털도 없는데 말야. 그날 걔는 친구와 같이 나왔어. 그런데 그날은 마침 일본이 항복을 한 날이어서 거리마다 사람들이 쏟아져 나와 축제분위기였지. 우리는 저녁을 먹고 춤추러 갔다가 바닷가로 드라이브를 갔어. 우리들은 많이 취해 있었어. 바닷가 모래사장 곳곳에 사람들이 나와서 불꽃놀이를 구경했어. 그들은 불꽃이 터질 때마다 환호성을 질러댔어."

빨강 캐딜락 오픈카가 바닷가를 나르듯 달리고 있었다. 라디오에서 루이 암스트롱이 자갈이 구르는 듯한 목소리로 〈Take me to the river〉를 부르고 있었다. 고등학교를 졸업하고 찾아주는 친구도 없이 혼자 외톨이로 외롭게 지내던 수지는, 오랜 침체에 대한 반동 때문인지, 불꽃놀이 때문인지, 갑자기 내부에서 상승하는 기운에 사로잡혀 갔고, 격정을 주체할 수 없어지자 에드워드에게 모래사장을 달리고 싶다고 했다. 에드워드가 차를 세웠다. 수지가 차에서 내리려 하자 뒤에 앉아 있던 친구의 억센 손이 겨드랑 사이로 파고들어와 그녀를 솜인형처럼 가뿐히 들어 뒷자리로 옮겨놓았다. 그는 수지를 뒷좌석에 처박아두고 훌쩍 차 밖으로 뛰어내렸다. 수지는 에드워드가 뒷자리로 훌쩍 넘어오는 걸 보면서 히스테리컬한 웃음을 터뜨렸다.

그가 스커트 속으로 손을 들이밀었다. "성급하게 굴지 마"라고 수지가 달랬다. 하지만 그는 그녀의 팬티를 잡아 찢고 그의 것을 사정없이 들이밀었다. 수지가 저항하자 그의 손이 그녀의 얼굴을 사정없이 내리쳤다. "숙녀인 척하지 마. 더러운 것, 넌 모두의 여자야." 그가 내뱉었다. 그가 헉헉 신음소리를 내지르자 밖의 친구가 휙 휘파람을 불었다. 에드워드가 떨어져 나간 후 친구가 차 안으로 들어와서 반쯤 넋이 나가 있는 그녀를 덮쳤다.

그들은 수지를 집 앞에 내동댕이치듯 던져놓고 사라졌다. 그녀는 화장이 뭉개진 얼굴과 남자들의 정액으로 더럽혀진 옷차림으로 집을 향해 걸어갔다. 아버지가 거실에 앉아 있었다. 그녀는 입을 앙다물고 아버지를 노려보았다. 그때만큼 이 세상에 동양인으로 그녀를 내보낸 아버지가 혐오스러운 적이 없었다.

"그날 아버지가 그러셨어. 이제 우리나라가 독립을 했다. 너도 이제부턴 자주적인 인간이 되도록 노력하거라, 라고. 아버지는 그 말 한 마디를 하고 안으로 들어가셨어. 그날이 1945년 8월 15일이었어. 일본이 항복을 하면 미국이 승전국가가 된다는 것은 알았지만 지구상의 조그만 한 나라, 할아버지가 건너왔다는 그 나라가 독립을 한다는 것에 대해 전혀 생각도 하지 못했어. 나는 이상한 기분에 사로잡혀 침실로 돌아왔지. 그 말은 묘한 여운을 남기는, 일생을 통해 다섯 번 들을까 말까한 그런 말이었어. 나는 아버지의 말 속에 내가 이해하는 것보다 훨씬 깊은 의미가 있다는 걸 육감으로 느끼고 있었어. 그 이후 난 더 이상 부모님을 속상하게 하지도 않았고, 남자들과 싸돌아다니지도 않았어. 난 세상의 뒷전으로 물러나 앉은 수도승 같은 눈으로 사물을 보기 시작했지. 상민을 만날 때까지는 말야."

수지는 새장 곁에 있는 수납장에서 석쇠처럼 생긴 쇠판을 꺼내 앤지에게 들이밀었다.

"너도 관절염을 앓고 있니?"

앤지가 쇠판으로 몸을 옮겨오는 동작이 옛날에 비해 둔해진 것을 보고 수지는 미소지었다.

"굳 걸, 앤지. 굳 걸, 앤지. 굳 걸 앤지……."

수지가 앤지를 데리고 아래층으로 내려가는 동안 앤지가 앳된 수지 음성과 허스키한 수지 음성으로 같은 말을 반복했다. 앤지는 기억 속에 저장된 수지의 음성들을 되살리면서 자신도 어떤 톤을 골라야 할지 헷갈리는 듯했다.

"너도 오늘은 나처럼 정신이 산란한 모양이구나."

수지는 아래층 선룸을 통해 뒤뜰로 나가 잔디 위에 놓여 있는 새장에 쇠판을 가까이 가져갔다. 앤지가 새장으로 건너갔다.

"하이 앤지."

호수 건너편에서 타이치를 하고 있던 미세스 퐁이 앤지를 보고 소리쳤다. 그녀의 외침은 호수를 둘러싼 집들에 반향돼 메아리쳤다. 수지와 나이가 비슷한 미세스 퐁은 중국 남자와 결혼한 미국 여자인데 그 동네에 신혼살림을 차린 후 여태껏 수지와 서로 좋은 이웃으로 살아오고 있다.

"하이 앤지. 굿모닝."

앤지가 미세스 퐁의 음성으로 수다를 떨었다. 아프리카 그레이는 낯이 선 사람 앞에서는 입을 다물었는데, 오랫동안 미세스 퐁을 보아온 앤지는 그녀 앞에서는 스스럼이 없었다.

"별일 없어?"

미세스 퐁이 수지를 보고 소리쳤다.

"그럼. 준비는 잘 돼가?"

"응. 오늘 애들과 손자들이 모두 올 거야. 그런데 로자가 아침에 전화를 해서 안나가 약혼자를 데리고 온다고 그러는 거야. 세상에! 그 애가 애를 낳으면 난 그랜드 그랜드마더가 되는 거잖아. 기가 막혀. 참 마당에서 바비큐를 할 건데 석유가 없어. 차콜에 불을 붙이려면 석유가 있어야 하는데, 지금 차가 없어서 슈퍼마켓에도 못 가겠어. 천상 애들이 오면 시켜야 하는데, 그때에 불을 피우면 허둥댈 거야."

"나한테 석유가 필요 없는 차콜이 있어. 그걸 갖다 써. 그런데 로자가 다른 말은 안 해?"

"응…… 차콜이 있어? 그럼 잘 됐네. 내가 이따 그쪽으로 갈께."

로자는 미세스 퐁의 장녀인데 자식이 없는 수지가 갓난아기 때부터 자기 딸처럼 많은 정을 준 아이였다. 로자는 미세스 퐁의 다른 애들보다도 유난히 앤지를 좋아했다. 그래서 수지는 혹시 그녀가 앤지보다 먼저 죽으면 로자에게 그녀의 유산과 함께 앤지를 맡기려고 마음먹고 있었다. 그런데 자기 엄마에게 전화를 하면서도 안부를 묻지 않다니……, 저으기 섭섭했다.

앤지는 밖에 나온 것이 기분이 좋은 듯 나뭇가지 위에서 지저귀는 새와, 연못 위에서 노닥거리는 오리 소리를 흉내내면서 놀기 시작했다. 수지는 앤지를 놔두고 선룸으로 들어와 소파에 주저앉았다. 날씨가 더워서인지, 이층에서 내려오느라 숨이 차서인지, 선룸 안은 후텁지근했다. 하늘에서 내리쏘는 햇살이 선룸의 유리천장과 벽에 반사되는 걸 보고 있으니 아찔한 현기증이 났다. 그날따라 몸이 몹시 무거웠다.

수지는 주위를 두리번거리다가 벽에 걸려 있는 자신의 누드화를 보았다. 그림 속의 여자는 현재 그녀의 모습으론 옛날에 그랬다고 믿기 어려울 정도로 아름다웠다. 그림 속 여자는 가는 허리가 간신히 지탱할 만큼 풍만한 젖가슴을 지니고 있었는데, 두 손을 젖가슴에 갖다대면 묵직한 무게가 느껴질 것 같았다.

지금 앉아 있는 그 자리에서 그녀는 상민을 위해 포즈를 취하고 있었다. 그때는 인디언 서머가 시작되어서 선룸 안이 무척 더웠다. 붓을 움직이는 상민의 셔츠 겨드랑이가 검게 젖어 있었고, 그녀의 벗은 몸에도 땀이 촉촉이 배었다. 앤지는 나무 그늘 아래서 간식으로 준 사탕수수를 씹고 있었다.

수지는 젖가슴 사이를 흐르는 땀을 짜증스럽게 훑다가 갑자기 손가락에 묵직하게 와 닿은 젖가슴을 느꼈다. 그녀는 무게를 가늠이라도 하듯 지그시 눈을 감았다.

"움직이면 안돼."

상민이 머리를 저었다.

"이봐요. 당신 그림에 내 젖가슴의 무게도 그려질 수 있을까?"

"물론."

"몇 킬로그램?"

"그건 내 손이 알고 있지."

"그건 막연한 거잖아요. 당신은 매사에 그래요. 적당이라든가, 며칠이라든가, 서너 개라든가. 한국 사람들은 합리적이지 못해요."

수지는 지루함을 이기기 힘들었다. 상민이 묘한 눈으로 수지를 바라보았다. 그림 그리는 사람이 피사체를 바라보듯 냉정하고 분석적인 시선이었다. 수지는 그즈음 들어 가끔씩 마주치는 그런 시선이 섬뜩했으나 아마 그림 때문에 신경이 날카로워져서일 거라고 생각했다.

"아이 러브 유 수지!"

사탕수수를 다 씹어뱉은 앤지가 종알대기 시작했을 때 갑자기 상민이 붓을 내던지고 다가와 수지의 어깨를 흔들었다.

"네 가슴의 무게를 아는 놈들이 도대체 얼마나 되는 거야? 그리고 저 놈은 누구야?"

상민은 앤지가 방금 흉내냈던 '아이 러브 유 수지'라고 한 놈을 대라고 다그쳤다. 불안하게 번득거리는 그의 눈엔 난폭한 기운이 감돌고 있었다.

수지는 그때야 가슴이 철렁 내려앉았다. 문제는 상민을 만나면서 처음으로 완전한 사랑을 믿기 시작한 그녀에게 있었다. 그녀는 그와의 완전한 교감을 위해, 또 그가 그녀에게 얼마나 큰 의미가 있는 사람인지를 알게 하려는 욕심에 과거의 남자들에 대해 얘기했었다.

정원에서 앤지는 계속 '아이 러브 유 수지'를 종알거렸다.

"전에도 물어봤잖아요. 그래서 아버지 음성이라고 했잖아요."

"그땐 그걸 믿었지. 하지만 저건 아버지가 딸에게 하는 말투가 아니야."

"여긴 미국이에요. 한국과 달라요."

"아버지 음성이라는 걸 증명해봐."

수지는 소파에서 몸을 일으켰다. 그날따라 집 안 구석구석에 숨어 있던 옛 기억들이 약속이나 한 듯 그녀에게 말을 걸어오는 것 같았다. 상민에 대한 신문기사 때문인지도 몰랐다. 그녀는 차콜을 찾기 위해 차고로 들어갔다. 하지만 차고에는 차콜이 없었다. 혹시 지하실에 있지 않을까 해서 그녀는 지하실로 내려갔다. 지하실에는 할아버지, 할머니, 아버지, 어머니가 쓰던 물건들이 그득 쌓여 있었다. 그들은 물건들을 버리는 걸 죄악시했기에 웬만한 건 지하실에 쌓아 두었었다. 아버지가 돌아가시고 나서 수지가 한바탕 갖다 버렸는데도 아직 남아 있는 물건들이 많았다. 지하실로 내려가는데 나무가 삐그덕거렸다. 훅 끼쳐오는 옛 물건들 냄새라던가, 걸을 때마다 삐그덕거리는 나무 계단소리는 그녀를 먼 과거 속으로 잡아끌고 있는 것 같았다.

수지는 침침한 눈을 비비면서 지하실 내부를 둘러보았다. 어머니의 옷장과 아버지가 쓰던 오동나무 책상을 보았을 때, 그날따라 그것들 속에 부모님이 혼이 스며들어와 그녀를 손짓해 부르는 것 같았다. 그녀는 그것들을 버리지 않은 것을 정말 다행스럽게 여겼다. 그녀는 어머니의 옷장으로 다가갔다. 장 안에는 소매를 원숭이 털로 장식한 보이시한 스타일의 샤넬 드레스와 바스러질 듯 마른 악어백이 들어 있었다. 그것들은 어머니가 죽기 얼마 전에 물건들을 정리하면서 수지에게 준 것이다. 아버지의 오동나무 책상 서랍 속에는 일기장과 회중시계 그리고 유리알에 금이 간 안경이 평소의 아버지처럼 겸손한 자세로 얌전히 누워 있었다.

어머니는 멋쟁이였다. 약사인 아버지가 만든 연대기에 의하면 어머니는 비타민 이론이 소개되기 시작한 1906년에 태어나 1925년에 유학을 와서 동갑인 아버지를 만나 결혼했고, 알렉산더 플레밍이 페니실린을 발견한 1928년에 수지를 낳고, 소아마비 백신을 법적으로 접종하기 시작했던 1955년에 사망했다.

어머니는 애지중지 떠받들어져서 자란 규수의 오만함과 기품을 모두 갖고 있었는데, 곧은 뼈마디와 맑은 혈색 그리고 사람을 무시하듯 턱을 약간 쳐든 당당한 태도 등에서 그러한 것들이 느껴졌다. 반면에 선천적으로 좋은 성품을 갖고 있던 아버지는 살아가면서 점차 자신감을 잃어, 중년 이후에는 굽은 등과 체념이 어린 창백한 얼굴, 변명하는 듯한 미소 같은 것들로 특징지어졌다.

어머니는 고지식하고 근검한 시댁 분위기와 맞지 않았다. 그녀는 집안일을 시어머니에게 맡긴 채, 사치스러운 옷과 장신구들을 걸치고 모닝커피와 오후의 영국차를 즐겼고, 파이프 담배를 끊임없이 피워댔다.

어머니 옷장 곁에는 함이 있었다. 그 함은 할머니가 한국을 떠나올 때 갖고 왔던 것으로 할머니가 돌아가실 때까지 방의 한쪽 귀퉁이에 놓고 쓰셨던 것이다. 수지는 갑자기 그 함을 열어보고 싶었다. 함 속에는 중국비단으로 만든 한복, 은장도가 달린 노리개, 곱게 접어놓은 태극기 같은 것들과 함께 할아버지와 할머니 사진이 꽂힌 앨범이 들어 있었다. 수지는 앨범을 꺼내 한 장씩 들춰보았다.

할아버지는 일찍 돌아가셨기 때문에 그녀는 한 번도 할아버지를 본 적이 없었으나, 사람들은 그녀가 할아버지를 닮았다고 했다. 그녀는 할아버지 사진을 보면서, 예전엔 몰랐으나 늙어가는 자신의 모습이 꼭 그를 닮았음을 깨달았다. 할아버지 모습 속에서 자신의 모습을 본 수지는 의미를 알 수 없는 감동에 사로잡혔다. 그건 참 묘한 기분이었다.

할아버지는 그녀에겐 전설과 같은 인물이었다. 할아버지는 을사보호조약이 맺어지던 해 사탕수수밭 노무자로 하와이로 건너오셨다. 할아버지는 사진 중매로 할머니와 결혼해 아버지를 낳고 살다가 아버지가 고등학교를 졸업하던 해 돌아가셨다. 아버지는 혼자 남은 할머니를 모시고 하와이를 떠나 본토로 왔다.

쌀과 간장이 보장된다면 무슨 짓이라도 할 만큼 가난했던 할머니는 제물포에서 배를 타고 하와이로 건너오셨다. 도착한 다음날 새벽부터 화씨 100도가 넘는 태양열 아래서 하루 열 시간 이상을 가축처럼 일했다. 어쩌다 서로 말을 하거나 허리를 펴면 감독인 루나의 회초리가 사정없이 내리꽂혔다. 그런 환경에서 십여 년을 버텨내면서 할머니는 기민한 보호본능과 질긴 생존력을 갖게 되었다.

돈이 많은 며느리 덕에 호숫가의 큰 집을 사서 살게 되면서 할머니는 기를 폈다. 하지만 그녀는 넓은 집을 청소하거나 음식을 만들면서 늘 구시렁거렸다. 제한된 한국어만 구사하는 아버지와 한국어를 알면서도 영어만 쓰려고 하는 어머니와 살면서 생긴 버릇이었다. 할머니에게 낙이 있다면 주일날 한국인 교회에 나가는 거였다. 토요일마다 집에서는 갈비찜이나 전을 부치는 냄새가 진동했다. 할머니는 그 음식들을 싸들고 교회에 갔다. 교회는 주로 아버지가 모시고 다녔고, 가족이 외출이라도 하게 되면 나가는 길에 할머니만 떨구어드렸다. 수지는 아담한 벽돌건물과, 한 가족같이 친밀한 교인들과, 높은 유리창으로 비껴드는 햇빛의 아늑함과, 안창호나 장인환 같은 낯선 이름들과,

아리랑의 구슬픈 가락을 기억하고 있었다. 예배가 끝나면 사람들은 모국의 독립운동자금으로 주머니에 넣어온 구깃한 돈들을 털었고, 둘러앉아서 각자 집에서 장만해온 음식들을 꺼내 나누어 먹었다.

어머니는 그 교회에 나가길 꺼려했다. 가족이 외출을 나가는 길에 할머니를 교회에 내려주기 위해 잠시 들를 때는 사람들이 어머니에게 손가락질을 하거나 욕질을 해댔다. 그럴 때 아버지의 태도는 어정쩡했다.

해방이 되면서 어머니의 친정은 몰락했고, 어머니는 기운을 잃어갔다. 수지는 성장하면서 차츰 어머니가 실은 굉장히 외로운 여자라는 생각을 하기 시작했다. 집안일을 도맡아 하는 할머니는 기세가 등등해졌다. 할머니는 '넌 쉬거라', '네가 뭘 아니'라는 말로 끊임없이 어머니를 아버지와 집안일로부터 밀어냈다. 어머니의 오만함은 할머니의 잡초같이 질긴 생존력을 이길 수가 없었다.

수지는 차콜을 찾아들고 지하실을 나섰다. 뒤뜰로 가니 마침 쓰레기통을 들고 정원으로 나오는 미세스 퐁이 보였다.

"차콜 찾아놨어."

수지가 소리쳤다.

"알았어. 곧 갈께."

미세스 퐁이 집 앞 데크에 묶여 있는 보트에 오르는 걸 보고, 수지는 담 벽에 붙은 수도에 둘둘 말아놓은 호스를 집어 들었다.

물소리가 들리자 정원에 있는 나뭇가지를 집어 들고 새장 꼭대기로 올라가 물어뜯기에 여념이 없던 앤지가 바싹 긴장했다.

"샤워하자."

수지가 물을 뿌리자 앤지가 날개를 퍼덕이며 꽥꽥 오리 잡는 소리를 내지르기 시작했다. 수지는 앤지의 진짜 음성이 어떤 건지 궁금할 때가 많았다. 지금처럼 겁에 질린 상태에서 본능적으로 내지르는 오리 잡는 소리가 진짜 자기 음성일까? 앤지는 오리 잡는 소리를 내지르면서도 수지가 몸을 잘 닦을 수 있도록 날개를 펴주었다.

미세스 퐁의 보트가 다가왔을 때 수지는 호스를 제자리에 도로 감고 데크로 나가 그녀가 내미는 노를 잡아당겨 데크로 잡아 끌었다. 미세스 퐁이 데크에 보트를 묶고 올라왔다.

"앤지 샤워하니까 정말 예쁘구나."

파드득거리며 물을 털어 내고 있는 앤지를 보고 미세스 퐁이 헐떡이는 음성으로 말했다.

"옛날에는 마음만 먹으면 금방 왔는데 이젠 노 젓는 게 힘이 들어."

"그래도 당신은 나이에 비해 굉장히 건강한 거야. 난 몇 해 전부터 노 젓는 게 엄두가 나지 않아."

"운동을 하잖아. 근력을 키우려고 얼마나 애를 쓰는데."

수지는 티포트와 잔을 가지러 이층으로 가는 길에 혈압계를 들고 내려왔다. 미세스 퐁이 레몬 조각이 든 찻잔에 얼그레이

티백을 각각 넣고 끓는 물을 붓는 동안 그녀는 혈압을 쟀다.

"괜찮아?"

"조금 높아. 조심을 해야겠어."

그녀는 팔뚝을 조이고 있던 고무 밴드를 풀면서 대답했다.

"어제 잡지에서 봤는데 엘비스 프레슬리가 외계인이라는 거야. 엘비스의 애인이었던 페기가 고백한 건데, 어느 날 엘비스와 함께 창가에서 밤하늘의 별을 쳐다보며 앉아 있는데 그 모습이 마치 고향을 떠나온 사람이 향수에 젖어 있는 것처럼 무척 외로워 보이더래. 그런데 엘비스가 자기의 진짜 집은 파란 별 행성이며 자기는 그곳에서 지구인을 매료시킬 수 있는 목소리를 갖고 파견된 외계인이라고 고백했다는 거야. 그의 목소리는 왠지 우주적인 사랑의 떨림 같은 게 있잖아?"

수지가 설탕그릇을 미세스 퐁 쪽으로 밀자 그녀가 손을 저었다.

"당뇨 증세가 나타났어. 당분간 당분을 금해야겠어."

"그래? 그래도 당신은 그것 외엔 나쁜 곳이 없잖아. 정말 건강한 거야."

"작년까진 정말 건강에 자신이 있었는데……."

"그런데 엘비스 말야. 정말 그 사람의 목소리엔 우주적인 떨림이 있는 것 같아. 요즘은 그렇게 노래 부를 수 있는 사람이 없는 것 같아. 우리 젊었을 땐 그 사람 정말 대단했지. 그게 엊그제 같은데 세월이 정말 빨라. 당신이 벌써 결혼 사십 주년을 맞다니, 오늘 당신네 파티를 보면 당신 정원에서 기념파티를 하는 걸 사십 번째 보는 셈이야."

"서른여덟 번째야. 결혼 칠 주년 때는 하와이에 갔었고, 십일 주년 때는 중국의 시댁에 갔었잖아."

수지는 각각 다른 날짜를 가진 자신의 세 개의 결혼기념일을 생각해보았다. 첫 남편인 상민하고는 다섯 번의 결혼기념일을 가졌고, 그와 헤어진 후 바텐더로 일하던 술집에서 만난 유태인 보석상인과는 네 번의 결혼기념일을 가졌다. 결혼기념일마다 선물한 값비싼 보석들과 괜찮은 집 세 채는 살 수 있는 거액의 위자료를 받고 헤어진 후 만난 자동차 세일즈맨하고는 결혼 일 주년 기념일에 식당에서 밥을 먹다가 돈 문제로 싸우고 헤어졌다. 그 이후 그녀는 접근하는 남자들이 그녀의 돈을 노리는 것 같아 멀리했다. 그녀가 아름답게 회상할 수 있는 것은 상민하고의 결혼기념일뿐이다.

파티를 하기엔 더 없이 좋은 환경인 그 아름다운 동네에서는 여름이면 밤마다 음악과 사람들의 속삭임과 웃음소리가 흘러나왔다. 그 여름날에 치러지는 파티 중에 수지의 결혼기념일 파티와 미세스 퐁의 결혼기념일 파티도 끼어 있었다. 수지는 그 시절의 음악과 샴페인과 재스민 향기를 그립게 회상해 보았다.

"이제는 파티 준비하는 것도 벅차. 옛날엔 그렇지 않았는데…… 옛날이 좋았어. 그때는 요즘보다 여유 있고, 뭐랄까……."

"낭만적이었지."

"맞아. 낭만적이었어."

"참, 상민이 이곳에 와 있어."

"그 사람이? 당신을 보러?"

미세스 퐁의 얼굴에 경악의 빛이 떠올랐다.

"아냐. 전시회 때문에 와 있어. 그는 성공한 것 같아."

"다행이군. 설마 당신 그 사람을 만날 생각을 하는 건 아니겠지?"

"난 그 사람에 대해 나쁜 감정이 없어. 바람같이 스쳐간 다른 남자들에 비하면 그와는 끈적거리는 무언가가 있는 것 같아. 어쩌면 나를 제일 사랑한 남자가 그였는지도 몰라."

미세스 퐁이 진저리를 쳤다.

"그 사람 지긋지긋하지도 않아?"

"그렇긴 해. 그런데 때론 이상하게도 그 지긋지긋한 것이 그리워질 때가 있어."

수지의 눈초리가 가늘어졌다.

스물여섯의 그녀가 이층 거실에서 피아노를 치고 있었다. 대학을 졸업했지만 취업문은 열리지 않았고, 짧게 연애를 하던 미국 남자들은 그녀와의 결혼은 원치 않았고, 부모들은 그녀를 부담스러워했다. 그녀는 앤지와 피아노를 벗 삼아 그 절망의 시기를 버텨내고 있었다.

피아노를 치다가 문득 밖을 내려다보니 그녀 집 오솔길을 꺾어져 들어오고 있는 남자가 보였다. 무언가 색다른 느낌이 그녀를 창가로 잡아끌었다. 그는 젊은 동양 남자였던 것이다. 그남자가 두리번거리며 그녀 집으로 다가와 초인종을 눌렀을 때무언가 기이한 일이 벌어질 거라는 예감이 스쳤다. 잠시 후 문이 열리는 소리, 어머니가 화들짝 놀라는 소리, 아버지가 그를 환대하는 소리, 모두 떠들썩하게 아래층 선룸으로 몰려가는 소리가 들려오더니 곧 수선스럽던 공기가 차분히 가라앉았다.

그녀는 도란도란 얘기소리가 들리는 아래층으로 내려가 문 뒤에 몸을 숨기고 살며시 안을 들여다보았다. 그 남자의 눈이 수지와 마주쳤다. 무안해진 수지가 선룸 안으로 들어서며 빙긋 웃자 남자의 얼굴이 빨개졌다.

어머니가 수지를 보고 와서 그들 곁에 앉으라고 말했다.

"한국에 있는 네 외할아버지 친구 분의 손자시다. 이곳에 그림공부를 하러 왔단다. 네가 여러모로 도와줘야 할 것 같다."

미세스 퐁이 마지막 남은 한 모금의 티를 마저 마시고 나서 잔을 탁 소리가 나게 내려놓았다.

"내가 옛날에 당신에게 해준 말 기억나? 그 사람이 당신한테 해준 것 중에 제일 잘한 게 당신 곁을 떠나준 거라고? 이따가 봅시다."

미세스 퐁이 떠난 후 수지는 햇빛에 젖은 몸을 충분히 말린 앤지를 새장에 넣어 선룸 안으로 들여놓았다. 앤지는 새장에서 내려와 카펫 위를 뒤뚱거리며 소파 위에 앉아 있는 수지 곁으로 다가왔다.

"앤지야, 넌 상민이 보고 싶지 않니?"

앤지가 그렇다는 듯 구슬픈 눈으로 수지를 바라보는 것 같았다.

"그래, 우리는 그를 그리워하고 있어."

수지는 아침부터 그녀를 불안하게 했던 문제에 해답을 내린 듯 결연한 얼굴로 소파 곁에 놓여 있는 전화기를 집어 들었다. 교환으로 전화를 걸어 전시회장 전화번호를 받아낸 후 전시회장으로 전화를 걸었다. 전화를 받은 사람이 마침 상민이 나와 있다면서 바꿔주었다.

수화기 저편에서 그의 음성이 흘러나왔다.

"저예요 수지. 정말 오랜만이에요."

"수지?"

한동안 수화기에서 침묵이 흐른 후 상민의 음성이 들려왔다.

"정말 오랜만이군. 그런데 웬일로 전화를 했소?"

"우리 한번 보지 않을래요? 한번 이곳에 와 보고 싶지 않으세요?"

다시 얼마간의 침묵이 흘렀다.

"내가 오늘밖에 시간이 없어요. 이따가 여덟 시까지 그곳으로 가도록 하겠소."

귀청을 찢을 듯 날카로운 경적소리에 하마터면 핸들을 놓칠 뻔했다. 까만색 이클립스가 그녀를 스쳐갈 때 안에 탄 동양 남자애들이 그녀를 사나운 눈으로 흘겨보았다. 얼핏 계기판을 보았으나 이십오 마일 제한속도를 지키고 있었다. 그녀는 계속 그녀를 추월하는 차량들을 보면서 겁에 질린 듯 핸들을 꼭 잡았다. 이제 거리에 나다니는 것도 모험이었다.

한국 식품점은 늘 수선스러웠다. 사람들은 진열대 칸칸이 어수선하게 쌓여 있는 물건더미들 사이를 헤치며 다니다가 마주치는 사람들과 인사를 하기도 하고, 서로 툭툭 치면서 한바탕 떠들어대기도 했다. 한국 식품점으로 들어서면 수지는 그 어수선함과 질펀한 정 같은 것에 어리둥절해지면서 이방인 같은 소외감을 느끼곤 했다. 그녀를 알아보는 사람은 아무도 없었으며, 가끔씩 들러 낯이 익은 주인도 그녀가 일본인인 줄 알고 더듬거리는 영어를 쓰곤 했다.

수지는 한참을 망설이다가 김치와 찜거리 갈비, 그리고 잡채거리를 샀다. 갈비찜과 잡채는 어려서 할머니가 만들었던 맛을 기억하고 있어서 그녀가 가장 자신있게 할 수 있는 한국 음식이었다. 찬거리를 들고 차가 주차된 곳으로 걸어가면서 그녀는 한국어 간판을 단 세탁소, 약국, 여행사, 미장원, 보험사, 비디오 가게를 지나쳤다. 거리에는 많은 한국 사람들이 활달한 모습으로 스쳐지나가고 있었다. 그녀가 살았던 시절하고 비하면 세상은 너무도 많이 변해 있었다.

그녀는 중국 마켓으로 가서 펄펄 살아 있는 게를 사고, 미국

마켓에 가서 샐러드와 샴페인을 사 갖고 집으로 돌아왔다. 음식을 만들고 상을 차렸을 때 미세스 퐁의 큰딸인 로자가 전화를 걸어와서 한동안 수다를 떨었다. 그녀와의 대화 내용에는 앤지 얘기가 많았다. 수지는 벽에 걸린 시계가 여덟 시에 가까워지는 걸 보았다. 그녀는 미세스 퐁에게 손님 때문에 파티에 갈 수 없다고 전해달라고 하고 전화를 끊었다. 그리고 서둘러 방으로 들어가 몸치장을 했다.

여덟 시가 조금 넘자 그녀 집 오솔길로 꺾어져 들어오는 차 소리가 들렸다. 수지가 벌떡 일어나 창가로 가서 그녀 집을 향해 오고 있는 차를 확인했다. 아래층 거실에서 앤지가 휘파람 소리를 내기 시작했다. 수지는 급히 현관으로 내려가 문을 열었다.

상민은 두 손을 바지 주머니에 찔러 넣은 채 서 있었다. 이마 위가 벗겨지고, 눈꺼풀이 푹 주저앉은 그의 모습은 상상했던 것보다 훨씬 늙어 있었다.

"오랜만이에요."

머리 속에 하고 싶은 말이 하도 많아서 이 말을 골라내는 것도 힘들었다. 그는 여전히 두 손을 호주머니에 찔러 넣은 채 엉거주춤 서 있었다. 그는 수지를 보고 웃으려고 입술을 벌렸으나 웃음이 되지 못한 채 경련만 일으켰다.

"늦어서 미안해요. 집을 찾느라 한참을 헤맸어."

"들어오세요."

그는 성큼성큼 걸어서 그녀 곁을 스쳐 지나 선룸 쪽으로 가다말고 몸을 돌렸다.

"이쪽으로 가는 거 맞소?"

"좋을 대로 하세요."

수지는 이층 식탁에 상을 차릴까 뒷 정원에 차릴까 고민을 하다가 이층 식탁에 차렸는데, 마음을 바꿔 음식을 정원 테이블로 옮기기로 했다. 선룸으로 들어서자 새장 안의 앤지가 목을 백팔십도로 꼬고 살랑살랑 날갯짓을 하면서 풀피리 같은 간드러진 소리를 냈다. 그런 모습을 보는 것은 정말 오랜만이었다.

"아, 앤지!"

상민의 굳었던 얼굴이 앤지를 보는 순간 확 펴졌다. 그가 확실한 걸음걸이로 새장 앞으로 다가갔다.

"네가 아직 살아 있다니 믿어지지 않는구나."

"아이스크림. 유 스크림. 위 얼 스크림 퍼 아이스크림. 하나."

앤지가 옛날에 그와 장난했던 말을 끄집어냈다.

"둘."

상민이도 앤지와 장난했던 말을 잊지 않고 있었다.

"셋."

수지는 그들이 주거니 받거니 장난을 하는 걸 보면서 이층에서 아래층의 뒤뜰 테이블로 음식을 날랐다. 그녀는 음식을 다 옮겨놓고 나서 의자에 주저앉아, 여러 차례 오르내리느라 헐떡거리는 가슴을 진정시키려 애를 썼다. 눈물이 글썽한 얼굴로 앤지 머리를 쓰다듬고 있던 상민이 밖으로 나와 그녀 앞에 앉았다.

"사람보다 동물이 여러 모로 낫다는 걸 나이가 들어가면서 실감해."

"그럼요. 앤지는 당신을 한시도 잊지 않고 있었어요."

맞은편의 미세스 퐁네 집에 손님들이 들이닥치면서 점차 소란스러워졌다. 손님들은 더위를 피해 시원해진 정원으로 하나둘씩 흘러나왔다. 하늘엔 만화영화 속같이 비현실적으로 휘영청 큰 달이 떠 있었고, 그 달빛보다 더 밝은 불을 밝힌 미세스 퐁네 뜰에는 음식이 담긴 접시를 든 사람들이 오락가락했다.

상민이 그녀와 그의 잔에 샴페인을 따랐다. 그들은 술잔을 들어 소리나게 부딪혔다. 상민이 샴페인 잔을 내려놓다가 앞 접시에 비스듬히 걸쳐 놓는 바람에 그만 바닥에 떨어져 깨지고 말았다.

"아! 미안하게 됐어요."

"괜찮아요."

수지는 이층으로 올라가 새 잔을 갖고 내려왔다. 그녀가 헐떡거리자 상민이 무척 미안해했다.

"게 볶음 좀 들어보세요. 당신은 그 요리를 좋아했잖아요."

수지가 듣기에도 민망스러울 정도로 헐떡거리면서 음식을 권했다. 녹말가루를 묻혀 기름에 튀긴 후 생강간장에 볶아낸 중국식 게 요리를 상민 앞으로 밀어놓자 그가 손을 저었다.

"콜레스테롤 때문에 해산물을 먹지 않아요."

"몰랐어요. 알았으면 준비를 하지 않았을 텐데……."

"신경쓰지 말아요. 난 저녁에는 소식을 해요. 그래야 위에 부담이 없고……."

갑자기 두 사람은 할 얘기가 없어졌다.

수지는 그날 오후 내내 그녀를 열중하게 했던 흥분 상태에서 벗어나면서 갑자기 서글픈 생각이 들었다. 그들은 불빛이 반짝이고 있는 맞은편 미세스 퐁네 정원을 바라보았다. 누군가가 음악을 틀었다. 베니 굿맨 빅밴드의 스윙이었다. 젊은애들은 흥미 없는 듯 한쪽 구석에 몰려 자기들끼리 떠들어 댔고, 올드 타이머들은 감미로운 스윙에 맞춰 빙빙 돌기 시작했다.

"저기."

"저."

갑자기 그들을 옭아매고 있던 족쇄가 풀린 듯 그들은 동시에 입을 열었다.

"말해보세요."

수지가 웃으면서 말했다.

"정말 이곳은 하나도 변하지 않았어. 옛날 그대로야. 내 청춘이 이곳에 숨어 있는 것 같아."

그는 자신의 표현이 만족스러운 듯 흐뭇한 미소를 지으며 〈The way you look tonight〉이라는 곡에 장단 맞춰 발을 까닥거렸다. 그의 몸에서 따스한 기운이 흘러나오고 있었다. 수지의 얼굴도 그를 만난 후 처음으로 환하게 빛났다. 갑자기 그들은 옛날 일들과 상대방이 짐작할 수도 없었던 현재의 일들을 얘기하기 시작했다.

상민은 서울의 지옥 같은 교통문제와 그림에 재주가 있다는 외손자 얘기를 했다. 그는 또 전원에 지었다는 통나무집과 그가 자주 오른다는 집 앞의 산에 대해서도 얘기했다. 수지는 그 말을 들으면서 슬픔을 느꼈다. 가정도 이루고 일에서도 성공한 상민의 삶에 비한다면 자신의 삶은 텅 빈 껍데기였다. 그녀는 부지런히 샴페인 잔을 비웠다.

이제 밤이 깊어갔고, 미세스 퐁네 정원에서도 판이 다 돌 때까지 스윙을 추던 올드 타이머들도 휴식에 들어갔다. 마당에서 뛰어 놀던 아이들은 부모들에 쫓겨 마지못해 잠자러 들어갔다. 미세스 퐁이 잠시 식은 흥을 돋구려는 듯 엘비스 프레슬리의 〈Love me tender〉를 틀어놓고 남편과 함께 블루스를 추기 시작했다.

"춤추시겠어요?"

수지가 상민에게 춤을 청했다. 두 사람은 일어나서 맞은편에서 들려오는 음악에 맞춰 블루스를 추기 시작했다.

"당신, 내가 엘비스 프레슬리를 좋아한다고 질투했던 것 생각나세요?"

"내가? 믿을 수가 없군."

수지는 그녀의 어깨를 두른 두 팔이 낯설다는 기분이 들수록 조급하게 상민에게 몸을 밀착시켰다.

"나를 사랑했던 옛날 일이 생각나세요?"

"그래, 꽤 사랑했지."

"그 동안 내 생각을 하지 않았나요?"

"가끔. 하지만 생각하고 싶지 않았어."

음악이 멈췄다. 그들은 다시 테이블로 와서 앉았다. 수지는 냅킨을 들어 눈가에 맺힌 눈물을 닦았다.

"왜 눈물을 흘리지?"

"나도 모르겠어요. 그냥 슬퍼요. 인생이, 산다는 게 왜 이렇게 슬픈지 모르겠어요."

"당신은 아직도 철이 없군 그래."

수지가 훌쩍거리자 상민이 권태로운 듯한 표정을 얼굴에 담았다. 그때 미세스 퐁네 정원에서 터져 나온 플래시 빛이 그녀 집 정원을 훑기 시작했다.

"퐁네 부분가 봐요. 당신이 온다는 걸 알아요."

수지가 식탁 위에 놓여 있는 램프를 들어 흔들어 보였다.

"이리 와서 같이 어울려요."

퐁 부부의 외침소리가 메아리쳐 들려왔다.

"우리 같이 건너가요."

"아냐. 난 돌아가야 해. 내일 일찍 일이 있거든."

갑자기 상민이 불안한 듯 자리에서 일어나려 하는 걸 수지가 잡았다.

"알았어요. 그럼 여기 잠시만 더 있다가 가세요."

수지는 퐁네 집을 향해 갈 수 없다고 소리질렀다. 곧 누군가가 미세스 퐁네 보트에 오르는 모습이 보이더니 보트가 움직이기 시작했다.

"덥군."

상민이 떨리는 손으로 냅킨을 집어 이마에 밴 땀을 닦았다. 움직이는 보트가 고요한 호수 표면을 흔들면서 미세한 바람을 일으키는 것 같았다. 그 바람이 술에 취해 달아오른 수지의 얼굴을 스치고 지나갔을 때 그녀는 흠칫 몸을 떨었다. 그 바람은 수십 년 동안 그녀 집 주위를 맴돌며 아침마다 호수를 향한 침실 문의 커튼을 살랑이던 바람이었다. 그 바람은 그날 아침에도 그녀 침실의 커튼을 흔들어댔었다. 바람 속에는 소리들이 숨어 있었고, 수지는 바람 속에 고여 있는 비밀스런 그 소리들을 듣고 있었다.

그녀 집 정원에서는 엘비스 프레슬리가 밤새 흐르고 있었다. 결혼 5주년 기념파티에 온 손님들은 트위스트를 추느라 땀범벅이 된 몸을 식히기 위해 물 속으로 뛰어들었다. 상민은 고등학교 친구라며 갑자기 그들의 집 파티에 뛰어든 에드워드를 노려보고 있었다. 에드워드는 고향에 내려왔다가 수지네 결혼 5주년 기념파티에 초대받은 친구를 우연히 만나 따라온 것이다. 술이 취하자 에드워드는 수지가 남자들에게 얼마나 인기가 있었는지, 남학생들이 동양 여자의 몸에 대해 얼마나 강한 호기심을 갖고 있었는지에 대해 떠벌렸다.

그날 파티의 분위기는 어딘지 모르게 어긋나서 춤을 추는 사람들은 발악을 하는 것 같았고, 술을 마시는 모습도 결사적이어서, 밤이 깊어가자 술에 나가떨어진 사람들이 이곳저곳에 엎어져 있기도 했고, 춤을 추다가 다투고 일찍 가버린 커플도 있었다. 한 구석에서 말없이 술만 마시고 있던 상민이 술에 취해 데크에 누워 있는 에드워드에게 다가갔다. 그들은 보트를 타고 호수 가운데로 나아갔다. 그들이 호수 가운데로 가는 걸 눈여겨보는 사람은 거의 없었다.

사람들이 너도 나도 갈 차비를 하고 나섰을 때 호수 쪽에서 비명소리가 들려왔다. 모두들 그쪽을 바라보았다. 그들 눈에 뒤집혀진 보트와 그들 쪽으로 헤엄쳐 오는 상민이 보였다.

"둘이 탔는데."

미세스 퐁은 상민과 에드워드가 같이 호수로 나가는 걸 보고 있었다. 상민이 헉헉거리며 간신히 데크로 올라왔을 때 누군가가 또 탄 사람이 있었느냐고 물었다. 상민이 그렇다고 에드워드였다고 하자 남자들이 옷을 입은 채로 물 속으로 뛰어들어 뒤집혀진 보트가 있는 쪽으로 헤엄쳐 갔다.

"죽었어!"

잠시 후 호수 쪽에서 누군가가 소리쳤다.

수지와 상민은 미세스 퐁네 보트가 호수 가운데를 향해 움직이고 있는 것을 바라보았다.

"그때 그 사건 우연이 아니었지요?"

"무슨 얘기를 하는 거요?"

"그때 우리 결혼 오 주년 파티 때 에드워드가 물에 빠진 것 말예요."

수지는 오랫동안 참고 있었던 질문을 그에게 던졌다. 수지는 상민의 얼굴이 불빛에 흔들리는 걸 지켜보았다.

"우연이었어."

상민이 다시 냅킨을 들어 이마의 땀을 닦았다.

"솔직히 말해주세요. 난 당신을 탓하는 게 아니에요. 내가 에드워드에 대한 말을 당신에게 했잖아요. 그래서 난 당신이 나 때문에 그런 짓을 벌였다는 생각을 하면 행복해질 때가 있어요. 글쎄……, 당신이 이해할지 모르지만 그걸 생각하면 나 같은 사람도 사랑을 받았구나 하는 생각이 들거든요."

"사고였어."

그가 단호하게 잘라 말했다. 식탁에 켜 놓은 램프 불이 목적도 없이 타 들어가고 있는 걸 두 사람은 조용히 지켜보았다.

"시간이 늦었어. 이젠 돌아가야겠어."

상민이 자리에서 일어나 선룸 안으로 성큼성큼 들어갔다. 앤지는 그가 다시 나타나자 파드닥거렸다. 앤지를 돌아보던 상민이 벽에 걸려 있는 수지의 누드화에 눈길을 던졌다. 뒤따라오던 수지도 멈춰 섰다.

"저걸 그림이라고 그렸다니 부끄럽군."

상민이 거칠게 내뱉었다.

수지는 그를 보내고 돌아와 음식이 거의 남아 있는 접시들과 빈 샴페인 병이 놓여 있는 쓸쓸한 식탁을 바라보았다. 그녀는 식탁 위에서 타고 있는 램프를 껐다. 갑자기 어두워진 주위처럼 그녀 마음속도 캄캄해졌다. 밤이 깊었고, 그녀는 어느 때보다도 짙은 피로감을 느꼈다.

수지는 그릇을 치울 기력이 없었다. 앤지를 이층으로 옮겨갈 엄두도 나지 않았다. 그녀는 무너지듯 선룸 소파 위에 누웠다. 앤지가 상민의 차의 클랙슨 소리를 요란하게 흉내내고 있었다.

"앤지야 그건 시끄럽구나. 좀 예쁜 소리를 낼 수 없니?"

수지가 꺼져 들어가는 소리로 중얼거렸다.

"도, 레, 미, 파, 솔, 라, 시, 도. 도, 레, 미, 파, 솔, 라, 시, 도……."

앤지는 앳된 소녀의 음성으로 계명을 부르기 시작했다.

황금빛 조명 빛이 부드럽게 번지고 있는 거실 풍경이 떠올랐다. 흰색 플란넬 셔츠 차림의 아버지와 그 당시 한창 유행하던 그레타 가르보 식의 검정색 로브를 입은 어머니가 푹신한 소파에 앉아 있다. 아버지는 크로니클지를 읽고 있고, 어머니는 패션잡지를 들척이고 있다. 조명 빛이 아버지의 흰색 플란넬 셔츠와 어머니가 넘기는 잡지 속의 여자 위에 반사됐다.

"아범아 열한 시야. 자야지. 내일은 나 교회에 가는 날이다."

"내일은 교회 못 가세요. 수지 극장에 데리고 가기로 약속했어요."

어머니가 잡지를 테이블에 내려놓으며 할머니 방을 향해 대꾸한다.

"어머님 모셔다 드리고 가도 충분해."

아버지가 어머니를 질책하는 소리가 뒤따른다.

"수지야 일찍 자거라. 내일은 극장에 가야 하잖니."

수지는 〈오즈의 마법사〉를 볼 생각에 잔뜩 흥분한 채로 잠을 청한다.

"쪽발이 같은 놈!"

앤지가 할머니 소리를 냈다. 앤지는 수지가 자기에게 관심을 기울이지 않는 것이 불만인 모양이었다.

할머니가 군시렁거리며 어머니 침대를 정리하고 있다.

"사탕수수밭의 루나가 얼마나 지독했냐면 허리를 펴려고 일어서려고 해도 채찍을 휘둘러댔어. 그래서 난 허리가 성치 않아."

앤지가 쉬지 않고 종알거렸다. 수지는 앤지의 말과 함께 떠오르는 종잡을 수 없는 과거의 단편 단편 속을 헤매다가 어느 한 순간 어떤 긴박한 말이라도 하듯 입을 벌렸다. 하지만 그 것은 말이 되어 나오지 못했다. 대신 한 줄기 눈물이 그녀의 눈가로 흘러내렸다.

"내 사랑 수지, 일어나요. 내 사랑……."

다음 날 아침 앤지는 시간이 지나도 일어나지 않는 수지를 깨우고 있었다. 그녀는 밤에 위층의 새장으로 데려가주지도 않았고, 새장을 타월로 덮어주지도 않았다. 그리고 그날 아침에도 새장에서 꺼내주지 않고 있다.

"따르르르릉, 따르르르릉……."

드디어 인내심을 잃은 앤지가 요란하게 전화벨 소리를 내기 시작했다.

*무도회의 수첩
옛날 유럽의 여자들은 처음 사교계에 데뷔하는 순간을 매우 중요하게 생각했다. 지금은 그런 전통이 사라졌지만, 그녀들은 첫 무도회날, 예외없이 수첩을 지니고 갔다. 그 수첩에는 그날 함께 춤을 추고 싶은 남자들의 이름이 적혀 있었다. 먼 훗날 그녀들은 이미 낡아버린 무도회의 수첩을 보면서 청춘시절의 설렘과 열정과 꿈 같은 것을 기억해내는 것이다.

나의 문학적 연대기

송혜근

나는 지금 이 글을 쓰면서 액손과 인트론의 분열을 통합하고,
의식과 무의식을 조화시키려고 애를 쓰고 있다.
내 속에 있는 조상들의 결여는 끝까지 질서를 잡으려고 욕망할 것이다.
그것에 귀를 기울여 존재의 끝까지 가보는 것이
증조할아버지, 할아버지, 어머니를 살리는 길이다.
욕망은 죽음으로 끝을 맺을 것이지만 그 죽음은 생명에 더 가까울 것이다.

나는 1953년에 인천에서 태어났다. 한옥마당에 채송화, 맨드라미, 봉숭아, 사루비아 등의 촌스러운 꽃들이 피어 있었고, 닭들과 멍멍이도 있었다. 봉숭아꽃잎으로 손톱에 빨간 물을 들였던 기억이 난다. 꽃잎과 백반을 함께 돌로 찧어서 손톱에 올리고 이파리로 감싸서 실로 칭칭 동여맨 채로 대여섯 시간 놔두면 손톱에 물이 들었다. 으깨진 꽃잎에서 나던 비릿한 풀냄새와 둔하고 얼얼하던 손가락의 감각이 지금도 생각난다.

갖고 있는 사진 중에서 가장 어린시절의 것은 대청마루에서 네발로 기는 자세로 마당을 바라보고 있는 것이다. 그 사진을 처음 본 순간 어떤 강한 느낌이 스쳐 지나갔는데, 사실인지 상상인지 모르지만, 그것이 내가 처음으로 세상을 보면서 느끼는 강력한 감정일 거라고 생각한다. 아이는 낮잠을 자다가 막 깨어났다. 찌그러진 양은그릇의 밥을 허겁지겁 먹어대던 멍멍이는 그새 잠들어 있고, 구구거리며 돌아다니던 닭들도 닭장 속에서 졸고 있다. 빨랫줄에서 물방울을 뚝뚝 떨구며 널려 있던 옷가지들이 바싹 마른 채 미풍에 흔들리고 있을 뿐 모든 것은 적막에 빠져있다. 구름 한 점 없이 드높은 하늘을 올려보던 아이는 무서움에 울음을 터트린다. 자는 동안 시간은 어디로 흘러가버린 것일까? 그 이후로 아이는 적막을 견디지 못하게 된다.

유아기 정서의 대부분은 그 한옥에 자리하고 있다. 부모님과 언니, 오빠, 여동생, 유모 그리고 문간방에 세들어 살고 있는 5명 가족까지 전부 12명이 살았다. 우리 가족들은 별로 말이 없었다. 소음을 일으키는 건 참견하기 좋아하는 유모와 문간방 식구였다. 문간방 아저씨는 한쪽 다리를 절었는데 시향의 바이올린 주자였다. 그 덕에 가끔 한옥 마당에 애절하고 감미로운 서양음악이 흐르곤 했다. 저녁이면 독실한 안식교도인 아줌마와 세 딸이 저녁예배를 드리는 소리가 흘렀다. 저녁기도 자리에 아저씨는 없었다. 사나운 얼굴로 말이 없는데 술을 마시면 난폭해졌다. 한 번은 절룩이는 아버지를 흉내 내던 둘째 딸을 거꾸로 들고 마당에 있는 도라무통 물속에 집어넣었다 뺐다 했다. 가죽혁대로 아줌마를 개 패듯 때리는 것도 보았는데 그런 날이면 세 딸을 데리고 저녁 기도를 하는 아줌마 목소리가 훨씬 절박했다. 한번은 골목길에서 그 아저씨와 마주쳤는데 무서워서 긴장하고 있는 나에게 절룩이는 걸음걸이로 다가오더니 머리를 쓰다듬어주었다. 사라져가는 아저씨의 뒷모습이 참 쓸쓸해보였던 생각이 난다.

대청마루는 여러 가지 추억을 떠올리게 한다. 어머니와 문간방 아줌마 그리고 몇 명의 동네 아줌마들이 모여 칼국수를 끓여먹거나, 수박 참외를 깎아먹으면서 수다를 떨기도 했는데, 어머니가 지나가는 나를 불러 무릎에 앉히고 참빗질을 해주었던 기억이 난다. 아버지 생신 때 대청마루에서 연극을 했던 일도 있다. 나와 문간방 세 딸과 동네 아이 몇 명이 낙랑공주와 호동왕자 연극을 했고, 문간방 아이들이 바이올린도 켰다. 동네 사람들은 마당에 멍석을 깔고 앉아 생일 음식을 먹으면서 우리 공연을 보았다.

낮과 달리 밤의 마당은 나에게 공포였다. 달빛이 교교한 마당엔 이상한 기운이 감돌았고, 꽃들도, 닭들도 이상하게 무서웠다. 화장실에 갈 땐 유모와 동행했다. 서둘러 방으로 들어와 이불 속으로 들어가서 창호지 문으로 스며드는 달빛을 보다가 잠이 들면 악몽을 꾸었다. 오방색 깃대를 든 사람들과 피리 부는 사람들이 창문 밖에 모여서서 나보고 가자고 재촉하는 꿈은 지금도 선명하다. 적막과 죽음은 어린 시절 내 정서의 중심 기표이다. 그리고 그 이후 어른이 되어서도 줄곧 나를 따라다녔다. 특히 황혼녘의 적막감은 견디기 힘이 들어 집에서 뛰쳐나와 생동감이 있는 곳을 찾아다녔다.

프랑스 정신분석학회에서 '자크 라깡'과 함께 활동하기도 하고, 프랑스 정신분석의 대모로 칭송되는 '프랑수와즈 돌토'는 한 사람의 인생에 3대가 영향을 미친다고 했다. 내 위 삼대의 유전자가 나의 기질을 이룬다는 말이다. 나는 그녀의 주장이 상당히 설득력 있다고 생각한다. 나의 어머니 민연숙은 명성황후의 후손이다. 어머니의 할아버지는 명성황후가 시해당할 당시 궁의 관료였다. 어머니 말로는 할아버지가 직접 그 장면을 보았고 그 때문에 일본에 끌려갔다 오기도 했다고 한다. 파탄이 난 왕실에서 후궁들이 살 길이 없어 관리들에게 한 명씩 떠맡겼을 때 할아버지도 후궁 한명을 데리고 나와 첩으로 삼으셨다. 할아버지는 잠을 자면 악몽에 시달렸는데 "앗! 피다!"라는 비명을 지르면서 깨곤 하셨다고 한다.

어머니는 첩인 할머니의 사랑을 독차지 했다. 그분이 음식 솜씨도 좋고 바느질 솜씨도 좋아 맛있는 음식을 먹고 예쁜 옷을 입고 다니셨다고 한다. 나라가 망해가는 바람에 할 일이 없어진 할아버지는 당시 덕수 초등학교 학생인 손녀를 학교에 데려다 주고, 점심시간에는 도시락을 싸들고 와서 학교 벤치에서 손녀가 먹는 모습을 바라보곤 했다고 한다. 쓸쓸하고 허망한 모습이다.

어머니의 아버지인 나의 외할아버지는 휘문의숙 4회 졸업생이다. 지금도 휘문 고등학교에 사진이 걸려 있다고 한다. 외할아버지는 나도 많이 보아서 그 모습을 기억하고 있다. 마르고 길쭉한 체격 갸름한 얼굴에 대쪽같이 곧은 자세로 흐트러짐이 없으셨다. 내가 외할아버지를 많이 닮았다. 당시 휘문의숙에 한국학생들은 몇 명 되지 않았는데 그중에서 이희승, 김연수씨와 절친이셨다. 세 분은 민족의식이 강했고, 외할아버지와 이희승씨는 사회에 나가서도 늘 흰 두루마기 차림으로 절대로 양복을 입지 않으셨다고 한다. 생활이 어려웠던 할아버지는 졸업 후 김연수씨 집안의 마름으로 전라도 일대의 드넓은 땅을 관리하셨다. 외할아버지는 바이올린을 즐겨 켜시는 멋쟁이셨고, 외할머니는 전형적인 구식 여자로 남자와 내외하셨다. 외할아버지는 토지관리를 잘 하셔서 농민들의 존경을 받았으며 그들이 공덕비를 세워줬다고 한다.

어머니는 서울에서 고등학교를 다니게 돼서 이희승씨 집에서 살게 되었다. 당연히 합격할 줄 알았다는 경기여고를 실패

하고 배화여고에 들어가셨는데, 입학식 때 이희승씨와 외할아버지가 하얀 두루마기를 차려 입으시고 같이 갔다고 한다. 학교 선생님들이 두 분을 정중히 맞이했는데 이희승씨가 외할아버지를 소개하면서 한문학은 이분이 뛰어나셔서 내가 따라갈 수 없었다고 했고, 그 때문인지 어머니는 학교에서 선생님들의 총애를 받았다고 한다.

어머니는 지금 94세시다. 결혼과 함께 행복했던 시절은 끝난 분이다. 아버지는 사랑하는 여자와 따로 살림을 차리셔서 애들까지 두었다. 어머니는 정신적, 정서적, 경제적으로 핍박을 받으셨다. "니 아버지한테 고맙게 생각하는 게 그래도 하나는 있어. 정신대 안 끌려가도 된 거지." 라고 할 정도로 좋은 추억이 없다. 어머니는 책을 좋아하셨다. 고도근시라 책을 코앞에 갖다 붙이고 읽으시곤 했다. 아마도 형편이 좋았다면 글을 쓰시지 않으셨을까 하는 생각을 잠시 해본 적이 있었다. 지금은 오빠와 제주도에 살고 계시는데, 이제는 정신이 혼미해서 과거와 현재를 섞어 말하신다.

지난 4월에 뵈러 갔을 때 어머니 상태가 더 나빠지셨는데 어린 시절의 얘기만은 명료하게 전달하셨다. 어머니에게 그때가 행복했던 시간이었던 것 같다. "어릴 때 시골집에 여자가 한 명 왔는데 우리엄마는 쪽을 지었는데, 그 여자는 소도마끼를 하고

양장을 하고 하이힐을 신었어. 화장도 예쁘게 했는데 참 미인이었어. 그 여자를 데리고 온 김연수씨가 잠시 우리 집에 살게 해달라고 부탁을 했어. 본부인이 알면 난리가 나니까. 구식여자하고 신식여자하고 같이 지내게 된 거지. 그런데 두 분은 참 잘 지냈어. 같이 국수도 만들고, 한참 후에 김연수씨가 서울에 집을 장만하고 그 여자를 데리고 갔어. 엄마를 초대해서 같이 갔는데, 집도 크고, 처음 보는 과일도 먹고, 그 여자가 피아노를 쳐줬는데 피아노라는 것도 그때 처음 봤지." 어머니의 기억은 점점 더 나빠지고 있다. 내가 듣지 못한 이야기들을 품은 채 돌아가실 거란 생각이 들면 참 아쉽다.

어머니에게는 민씨 집안의 피가 흐르고 있다. 국모가 시해당하고 나라가 망해가는 것을 힘없이 지켜보아야 했던 할아버지, 가난해서 학자의 뜻을 펴지 못한 아버지의 상실감이 흐르고 있다. 나에게는 그런 것들과 함께 좌절한 여자로서의 어머니의 피도 같이 흐르고 있다. 살아 있어도 살아 있다고 할 수 없는 죽음과 같은 절망감과 상실감이 나의 기질이 됐고, 살면서 그런 기질을 강화시켜왔다.

'자크 라깡'은 결여가 욕망을 만들어낸다고 한다. 무(無)적 태풍의 핵이 주변에 회오리 같은 바람을 일으키는 것처럼, 삶이 허망하고 결여가 클수록 욕망은 더 크게 회오리친다. 욕망의 대상은 돈으로 살 수 있는 것들도 있고, 사람도 있고, 명예도 있지만 결코 채워지는 법이 없다. 그래서 라깡은 결여와 욕망이 우로보로스 띠처럼 순환되는 구조 속에서 영원히 헤어날 수 없는 우리의 운명에 대해 말하고 있다.

글쓰기는 욕망이 택한 하나의 대상이었다. 미국에서 한국계 신문사에서 기자생활을 하던 중 사상계 주필이셨던 '지명관' 교수 인터뷰를 하게 되었는데 그분이 창간한 잡지 '역사비판'에 단편소설을 내보라고 제의한 것이 글을 쓰게 된 동기가 되었다. 〈누가 베르톨트 브레히트를 죽였는가?〉로 1990년 「현대소설」 신인문학상을 받았고, 〈그대 흐르는 강물을 두 번 못 보리〉로 1992년 동아일보 중편소설 부문에 당선되었다. 현대소설에 실은 단편 〈실로폰소리〉가 동서문학상 후보에 오르면서 멋대로 쓴 세 작품 모두 주목 받았고, 얼떨결에 소설가가 되었다.

동아일보 중편소설당선자들의 모임에서 작품집을 내면서 〈인디고 나무 그늘〉, 〈이태리 요리를 먹는 여자〉, 〈거울이 놓인 방〉, 〈무도회의 수첩〉, 〈먼 옛날부터 당신을 기다렸다〉, 〈바다에는 고래의 노래 소리〉 등을 발표했다. 그중의 여러 편이 2001년 《이태리 요리를 먹는 여자》로 묶여서 발표되었다.

준비 안 된 소설가에게 소설계는 낯설고, 소설가라는 직업은 쑥스러웠다. 소설가라는 타이틀이 붙여진 후로는 멋대로 자연스럽게 쓸 수가 없었다. 소설가다워야 한다는 강박으로 쓰기 시작한 장편들,《두 개의 가방을 든 남자》,《열린 바다를 꿈꾸다》,《아모르파티》,《탱고》,《피아노 치는 남자》는 지워버리고 싶은 목록이다. 2009년에《피아노 치는 남자》를 쓴 이후로는 글을 접었다.

글쓰기를 접은 것은 소유나 성취로 욕망을 소멸시킨 과거의 많은 경우들하고는 성격이 다르다. 어렵고 잘 되지 않아서 그만 두었던 좌절한 욕망이다. 그 이후로는 미국 '세도나'에도 있어보았고, 캐나다 원시림의 명상센터에도 있어 보았고, 울진의 사찰에서 공양주가 되어 지내보았고, 무주 산속에서도 살아보았다. 지금은 심층심리 상담분석가로 지내고 있다. 한 곳에 정착하는 것이 좋을 만큼 많이 안정되었으나 삶의 활기는 잃어버렸다.

《이태리 요리를 먹는 여자》재출간 소식을 들으면서 오랜만에 문단의 추억을 떠올렸다. 작가 연대기를 써달라는 부탁에 컴퓨터 앞에 앉았는데 억압시켜 놓은 정서가 올라오면서 안정을 위협하는 바람에 자꾸 분열된다. 감정을 분리시키고 이성적으로 살고 있는 현재의 안락이 위협을 받는다. 명상을 통해 마음의 안정을 찾으려고 한 몸부림은 감정을 죽임으로써 욕망을 잠재우려는 비겁한 회피였던 것 같다.

인간의 DNA, 나의 증조할아버지, 할아버지, 어머니의 결여가 들어 있는 내 DNA는 액손과 인트론으로 되어 있다. 까맣게 색칠이 된 액손 부분은 1~3퍼센트뿐이고, 나머지는 쓰레기유전자인 인트론이라고 한다. 왜 이렇게 쓰레기 같은 부분이 많을까? 그에 대해 심층심리 상담분석가인 윤정은 그의 저서《호모사피엔스, 욕망의 바이러스인가?》에서 액손이 의식이고 인트론이 무의식이라고 주장한다.

그는 "생명체는 수많은 우연과 선택 속에서 혼란을 진정시켜 줄 자기만족의 질서를 추구했고, 그 질서를 유전자에 복사하면서 질서를 영구화하려고 욕망했다. 질서를 추구한 결과들은 액손에 기록되고, 질서화 되지 못한 많은 것들은 인트론에 기록되어 있다. 삶은 질서의 결과만 만족하면서 지속적으로 집착한 것이 아니라, 질서를 잡기 위해 소외시킨 훨씬 더 많은 불만족을 기억하면서 그것이 상실되기를 기다린다. 우리의 인트론 속에는 그런 것들이 쌓여 있다."고 말한다.

인트론은 그의 방식으로 정의하면 감정의 격동지이다. 그 무의식 속에서 들끓고 있는 질서 잡지 못한 감정들이 욕망을 대리인으로 내보낸다. 내 속에 있는 조상들의 결핍, 그리고 우주에서 생명에 이르기까지의 긴 여정 속에서 질서화 되지 못한 것들이 내 인트론 속에 쌓여 있다. 인트론은 질서로 구조화 된 것들하고는 비교도 될 수 없이 많기에 유전자의 거의 대부분을 차지하고 있을지도 모른다. 인트론은 그런 것들이 켜켜이 쌓여 발효되고 있는 보고이다. 기계가 도저히 인간이 될 수 없는 것도 이 때문이다. 감정은 이성으로 제어할 수 없는 순수한 생명의 현상이다.

나는 지금 이 글을 쓰면서 액손과 인트론의 분열을 통합하고, 의식과 무의식을 조화시키려고 애를 쓰고 있다. 내 속에 있는 조상들의 결여는 끝까지 질서를 잡으려고 욕망할 것이다. 그것에 귀를 기울여 존재의 끝까지 가보는 것이 증조할아버지, 할아버지, 어머니를 살리는 길이다. 욕망은 죽음으로 끝을 맺을 것이지만 그 죽음은 생명에 더 가까울 것이다.

노란잠수함 클래식 우리 소설

이태리 요리를 먹는 여자

2017년 5월 15일 1판 1쇄 박음 / 2017년 5월 22일 1판 1쇄 펴냄

지은이 송혜근
펴낸이 김철종, 박정욱
책임편집 김성은 **디자인** 김정호 **마케팅** 오영일
인쇄제작 정민문화사

펴낸곳 노란잠수함
출판등록 1983년 9월 30일 제1 - 128호
주소 110 - 310 서울시 종로구 삼일대로 453(경운동) KAFFE빌딩 2층
전화번호 02)701 - 6911 **팩스번호** 02)701 - 4449
전자우편 haneon@haneon.com **홈페이지** www.haneon.com

ISBN 978-89-5596-794-4 03810

이 도서의 국립중앙도서관 출판예정도서목록(CIP)은 서지정보유통지원시스템 홈페이지
(http://seoji.nl.go.kr)와 국가자료공동목록시스템(http://www.nl.go.kr/kolisnet)에서 이용
하실 수 있습니다.(CIP제어번호: CIP2017010713)